dear+ novel
mou koinante surukiwanakatta

もう恋なんてする気はなかった

月村 奎

新書館ディアプラス文庫

もう恋なんてする気はなかった

contents

illustration：竹美家らら

もう恋なんてする気はなかった

1

担当編集者あてのメールに書きあがったばかりの原稿を添付して送信ボタンをクリックすると、夏川晴樹《なつかわはるき》は両腕を伸ばして椅子の背もたれにぐっと体重を預けた。

凝《こ》り固《かた》まった背骨と首筋が、みしみしと音をたてる。

十五で作家デビューして、かれこれ十二年ほどになるが、初稿を送信した瞬間にはいつも新鮮な達成感と解放感に包まれる。この感覚を味わいたくて、細々と書く仕事を続けているようなものだ。

電源を落とされ色彩を失ったディスプレイに、ボストンフレームのメガネをかけた自分の顔が映《うつ》る。目元ギリギリに厚めに前髪をおろしたマッシュルームふうの髪型と、Tシャツのブランドロゴのおかげで、雰囲気だけなんとなくおしゃれに見えるが、顔のパーツを見れば、良くも悪くもなんの特徴《とくちょう》もない、薄口の顔。

高校時代の友人には、八方美人な性格も含めて「雰囲気イケメン」と称されてきたが、それは今も変わらない。

見飽《みあ》きた顔にすぐに興味を失い、ディスプレイを閉じると、晴樹は冷蔵庫から缶ビールを取り出して、ソファに身を投げ出した。

冷たいご褒美《ほうび》を喉に流し込みながら、スマホの動画アプリで、見逃したバラエティ番組を再生する。

大御所のお笑いタレントがゲストとトークを繰り広げる番組だが、ゲストの人選とトーク内容が露骨《ろこつ》に同局のドラマの番宣ばかりになってから、あまり見ていなかった。

久しぶりに見る気になったのは、晴樹の好きな俳優のゲスト回だから。

『今週のゲストは、俳優の三島鼓太郎《みしまこたろう》くんです』

ハスキーボイスのMCに紹介されて、三島鼓太郎が長身に似合わぬ軽快な足取りで登場すると、観覧席から黄色い悲鳴があがった。

「おー。雰囲気じゃなくてリアルイケメンのオーラ、半端ないな」

ごろりと仰向《あおむ》けに寝がえりを打って、ひとりごちる。

三島鼓太郎は人気急上昇中の若手イケメン俳優だ。若手といっても、歳は晴樹と同じ。十五から今の仕事をしている晴樹自身はすっかりすれっからしの感覚だが、鼓太郎はフレッシュな輝きに満ちている。

真っ白なTシャツに、ベージュのソフトなジャケットとアンクルパンツのセットアップがよく似合う。パンツとスニーカーの間からちらりと見えるくるぶしが眩《まぶ》しい。

『三島くん、かっこいいね』

　ＭＣに言われて、『いえいえ、滅相《めっそう》もないことでございます』と真面目《まじめ》な顔で恐縮する鼓太郎の言い回しに、どっと笑いが起こる。

『何時代の人？　面白《おもしろ》いね、三島くん』

『いえ、すごい緊張してましして。あ、これ飲んでもいいやつですか？　置いてあるだけ的な？』

　自分の前に置かれたアイスコーヒーらしきものを、手のひらでそっと指し示す。

『どうぞどうぞ、飲んでください』

『すみません、いただきます』

　鼓太郎がコーヒーを勢いよく飲むと、ＭＣがふっと噴き出した。

『初めてだよ、登場するなり飲んだ人』

『え、そうなんですか？　すみません、いいと言われたので真に受けちゃったんですけど、空気読むところでしたか？』

　どこかとぼけた天然な雰囲気も好感度高く、また観覧席から笑いがこぼれる。

　緊張していると言うが、その緊張すら自然に見える。鼓太郎は飾らない明るいトークで、スタジオに笑いと歓声を響かせ続けた。

　サービス精神旺盛《おうせい》な鼓太郎の姿に、晴樹は僭越《せんえつ》ながら自分と似たキャラクターだなといつも勝手に親近感を抱《いだ》いている。親近感というより、尊敬？　憧《あこが》れ？

人前で晴樹が演じている「自分」を、鼓太郎は素《す》でいっているとでもいうのか。こんな自分であれたらという理想の人柄《ひとがら》を、鼓太郎は持っている。

やわらかい天然ムードを漂《ただよ》わせながらも、ふと長い脚《あし》を持て余すように組み替える瞬間や、髪をかきあげる仕草の色っぽさには、ただものではないオーラがあって、そこにもまた憧れる。

この場合の憧れは、そうなりたいという意味ではない。ただただかっこいいなと、想いを寄せる先輩を物陰から見つめる女子中学生のような意味での、憧れ。

晴樹の恋愛対象は同性で、過去には交際経験もある。現在は、リアルの恋愛願望は一切ない。恋なんかしなくても人は生きていけるし、その方がよほど心の平穏が保てて精神衛生上いいと思っている。

それでも、ときには恋愛的な意味で人恋しい瞬間もあるし、男としての生理上の欲求も皆無ではない。

そんなときに密《ひそ》かに脳裏に思い浮かべるのは、理想の男、三島鼓太郎だ。

まあ、簡単な言葉で言えば、単なるファン、なのだろう。

『それにしても、ここ最近の人気はすごいね』

MCの言葉に、晴樹はふふんと心の中でマウントを取る。鼓太郎の知名度がぐっとあがったのは二年前の連ドラからだが、晴樹は四年前に深夜ドラマで端役《はやく》を演じていた鼓太郎を見て、絶対に売れると確信していた。

小説のキャラクターを作るとき、晴樹はいつも密かにそのとき思い入れのある人物をモデルにしている。それは三次元に限らず、好きなマンガのキャラクターだったり、歴史上の人物だったりもするが、四年前には三島鼓太郎にインスピレーションを受け、こっそり彼を主人公に据《す》えて小説を書いた。『塾講師は忙しい』というその作品は、三巻まで刊行されていて、晴樹の著作物の中ではヒットした方だ。

番組の半《なか》ばで、スマホの画面に着信が表示された。先ほど原稿を送信した担当編集者からだった。

晴樹は視聴を中断して、通話に応じた。

『夏川先生、原稿お疲れさまです』

アラフォーの敏腕編集者、的場瑞恵《まとばみずえ》の明るい声が、静かな部屋に響き渡る。

「お疲れさまです。まさかもう読んでくれたんですか？　超速読術身につけちゃった？」

『いや、さすがにまだですけど、それどころじゃないのよ！』

「それどころって、失礼な」

原稿を「それ」呼ばわりされて失笑する晴樹に、的場がかぶせてくる。

『夏川先生だって、聞いたらびっくりして、それどころじゃないって思いますから！』

「え、なんだろ、怖いな。前作の売れ行きが悪すぎて、新刊の発行予定が消えたとか？」

『いやいや、もっとびっくりです』

「もっと？　まさかの倒産？」

『縁起でもない。失礼なこと言わないでくださいよ』

「いや、失礼はお互い様でしょう。で、なんなんですか？」

『実はね、塾講師シリーズにドラマ化のオファーが来たんですよ！』

「え⁉」

『ほら、びっくりしたでしょう？』

確かに相当驚いた。

晴樹は決して売れっ子ではない。デビュー当時は十五歳という若さで一瞬脚光を浴びて、ビギナーズラックで音声ドラマのCDを出してもらったこともあったが、それ以降はラノベ作家時代もアニメ化の話など一切なかったし、ドラマなどもってのほか。

『主演は三島鼓太郎ってことで本決まりみたいですよ』

さらっと言われたひとことに、晴樹はさらに驚愕《きょうがく》した。

「……三島鼓太郎？」

半信半疑で呟くと、ニュアンスを勘違いしたらしい的場が、前のめりに解説を始める。

『最近売れ始めた若手俳優なんですけど、なかなかのイケメンですよ？　礼儀正しいのに剽軽《ひょうきん》で、ちょっと天然なところがかわいくて。ウィキによると、身長183センチ、おとめ座で、血液型はA型』

キーボードを操りながら画面を読み上げている様子の的場を、晴樹は「いやいや」と遮《さえぎ》った。

「三島鼓太郎は知ってます」

『あ、よかった。イメージぴったりなキャスティングだと思いませんか？』

そりゃ、本人をモデルにして書いたからな。

だが、あえて口にはしなかった。キャラクターを作る際、必ずモデルがいることを、晴樹は編集者にも話したことがない。自分がゼロからキャラクターを作れないことはコンプレックスであり、なんとなくうしろめたい気がするのだ。

『いやぁ、楽しみですね！　ドラマの権利料って実は想像するほど大したことないんですけど、ヒットすれば原作本も重版かかるかも。期待大ですね』

「……あの、それってたとえば、断るっていう選択肢《し》もあり？」

晴樹が言うと、的場は『は？』と声を裏返した。

『断る？　正気で言ってるんですか？』

「いや、たとえばですけど……」

『法的な客観的事実としては、もちろん先生に最終決定権がありますけど、断るなんてありえませんよ！　この私が許しません！　ていうか先生、嬉しくないんですか？』

「とんでもない」

晴樹は我に返って否定した。

デビュー元の出版社を離れ、作家を続けるかどうか迷っていた時期に声をかけてくれて、良き伴走者として一緒に作品を作り上げてくれている的場には、大きな恩がある。ドラマ化ともなれば、多少なりとも恩返しになるだろう。

「嬉しいにきまってますよ！　ただほら、俺みたいな空気作家って、そういう晴れがましい事態に慣れてないから、嬉しすぎて信じられなくて、ちょっと怖くなっちゃって……」

『ああ、それはわかります。私も昔、プロポーズされたとき、嬉しいのを通り越して怖くなっちゃって、すぐにはイエスって返せなかったわ。あー、懐かしいなぁ、そんな初々《ういうい》しかった自分』

遠くに想いを馳《は》せるように呟いたと思ったら、的場はすぐに目の前の話題に戻ってきた。

『また逐一《ちくいち》、状況をご報告しますね。あ、本日いただいた原稿の刊行時には、うまくしたらオビでドラマ化の告知を打てるかも。まずは初稿拝読しますね』

「よろしくお願いします」

通話を終え、晴樹はベッドに大の字にひっくりかえった。

ドラマ化。しかも主演は三島鼓太郎。

人生というのは、実に思いがけないことが起こるものだ。

『嬉しくないんですか？』

的場の言葉を脳内で反芻《はんすう》する。

多分、心の底からなりたくて作家になり、ゼロから生み出した作品に実写化のオファーをもらったのであれば、ものすごく嬉しかったかもしれない。

しかしなりゆきで就いた職業で、しかも実在の人物をこっそりモデルにした作品が、その本人主演で実写化というのは、なんとなく気持ちの据《す》わりが悪い。

「なんていうんだろう、こういうの。逆輸入？　いや、なんか違うな」

ひとりごちて天井《てんじょう》を見つめる。

とはいえ、嬉しくないのかといえば、そんなことはない。

自分の作品がドラマになるなんて、そうそうあることではない。

こんなとき、人はどうやって喜びを噛みしめるのだろう。

誰かと一緒に食事をするとよりおいしいのと同じで、嬉しいことだって誰かに話せば、実感が深まるに違いない。

でも誰に？

普通はまず、家族にでも報告するのだろうか。

晴樹はもう何年も会っていない両親と、一回り以上歳の離れた弟の顔を思い浮かべた。

母はそれなりに喜ぶかもしれないが、継父が「まだくだらない小説なんか書いているのか」と眉《まゆ》を顰《ひそ》めれば、例によって晴樹と継父の間で板挟《いたばさ》みとなって、オロオロと神経をすり減らすに違いない。弟に至っては、物心つくころには離れ、何年かに一度しか会わない兄の顔など忘れているかもしれない。

ならば友人か。

高校時代の部活の友人たちの顔を脳裏に描くと、少し心が和《なご》んだ。最近では連絡を取り合う頻《ひん》度《ど》もそう高くはないし、気恥ずかしいからわざわざ自分から伝えたりはしないが、ドラマ化の公式発表を目にすることがあれば、お祝いのメッセージくらい送ってくれそうだ。

そのあたりの数少ない面子《めんつ》以外、晴樹には特に親しい友人はいない。表面的には明るく剽軽なキャラクターで通しているから、自分から連絡を取る友人はほとんどいないと言ったら、晴樹を知る人間はみな一様に驚くだろう。

就活しないで学生からそのまま専業作家になったため、人間関係が広がりに乏《とぼ》しかったせいもある。

もちろん、その前に大学で交友関係を広げる機会はいくらでもあった。しかし当時はラノベの仕事と、今や黒歴史でしかない恋愛で手一杯で、友達と遊び歩く時間などなかった。なかったというより、必要ないと思っていた。

「……消したい」

晴樹はぼそっとつぶやいた。

もしも記憶を消せるなら、あんなしょうもない恋に浮かれていたあのころの記憶をすべてまっさらに消し去りたい。

残念ながら、それは不可能なので、せめてほかの記憶で上塗《うわぬ》りしようと、一時停止にしてあったトーク番組の視聴に戻る。

小さな画面の中では、三島鼓太郎が和やかな笑みを浮かべ、周囲に癒《いや》しと萌《も》えのオーラを振りまいている。

この、理想が具現化して服を着て歩いているような男が、自分の小説の主人公を演じてくれるなんて。

改めて噛みしめると、じわじわ嬉しさがこみあげてきた。

原作に採用されたからといって、別に晴樹がドラマに携《たずさ》わるわけではないし、キャストに近づけるわけでもないが、逆に直接のつながりなどないからこそ、ファンとしてのささやかな喜びを噛みしめられるというもの。

ふと気を抜くと、脳内にもやもやと湧き上がってくる黒歴史を意識的に押し退《の》けて、晴樹は推《お》しの姿に神経を向けて、しばし夢の世界に逃避した。


晴樹の実父は晴樹が物心つく前に病気で亡くなり、母親は晴樹を連れて実家に身を寄せた。

幸い実家は田舎《いなか》の名士で、娘と孫を養うには十分な財力があった。

当初は同居の伯父《おじ》夫婦も大いに同情的で、母にも晴樹にもなにくれとなく気を回してくれた。

しかし数年たつと少しずつ伯父夫婦から邪魔者扱《あつか》いの気配を感じるようになった。相手の立場で考えれば、いつまで甘えているのかと不満に思うのは当然のことだろう。母は実親にも兄夫婦にもとても気を遣《つか》ってはいたが、自己憐憫《れんびん》から抜け出せず、誰かを頼らずには生きていけないところのある人だった。若くして結婚し、晴樹を産んだために、キャリアも乏しかった。

しかし、世の中うまくしたもので、晴樹が中学生になるころ、母のそんな頼りなげなところに好意を寄せる男が現れた。母が通っていた歯科医院の歯科医師だった。

晴樹はその神経質で生真面目《きまじめ》な男があまり好きではなかったが、実家で暮らしにくそうにしている母が、少しでも楽に息ができるようになればと、再婚に反対はしなかった。

想像していた通り、新しい父親と晴樹は性格的に相容《あいい》れなかった。親戚《しんせき》の家での暮らしも肩身は狭《せま》かったが、赤の他人である継父との不和はその比ではなかった。

継父は経済的に豊かで、金も出す分、口も出したがる人だった。塾や進路はもとより、食の好みやテレビ番組の好み、靴《くつ》の履《は》き方《かた》から髪型まで、何にでも口を挟《はさ》みダメ出しをした。要するに、すべての感覚が合わなかった。

継父と晴樹の間に険悪な空気が漂《ただよ》い始《はじ》めると、母はいつもオロオロし、継父の言いつけに従うようにと晴樹を諭《さと》し懇願《こんがん》した。

息子の気持ちより、再婚相手の機嫌を取ることの方が母の中では優先順位が高いのだと思うと、モヤモヤしたし、そんなふうにご機嫌取りをして庇護者《ひごしゃ》に依存しないと生きていけない母にイライラもした。それでも、父亡きあと自分を守り育ててくれたやさしい母に、冷たくはできなかった。息子にとって母親とは何にも代えがたい大切な存在なのだ。

黙って従いながらも、晴樹は鬱屈《うっくつ》を募《つの》らせていった。

気の合わない継父に養われている状況が苦痛で、自分の生活費を稼《かせ》ぐためにアルバイトをしようとしたが、義務教育中の子供が外で働くのは現実的ではなかったし、おそらく高校生になったところで、継父は体面やら様々な理由から息子のアルバイトなど許さないことは想像に難《かた》くなかった。

そんな折、友人が貸してくれたラノベが、晴樹にとっての転機となった。それまでそういうジャンルの小説を読んだことがなかったが、当たればかなり売れるらしいという知識だけはあった。

一読後、主人公補正を地でいく中学生らしい思いあがりで、不遜《ふそん》にもこの程度なら自分でも書けるのではないかと思った。

中三への進級を控《ひか》えた春休み、晴樹は部屋にこもって何十冊というラノベを読み漁《あさ》ってアイデアと手法を研究し尽くし、祖父からのお年玉で買った中古のタブレットで原稿を書いて、新人賞に投稿した。

いきなり準グランプリを受賞したときには、あまりのチョロさにさすがに驚いたが、『目新しさはないが、この年齢でこれだけ破綻《はたん》なく書けるのは立派』という選評を読んで、選者の大人たちには見抜かれているのだなと、ちょっと悔《くや》しく、そしてほっとした。

受賞のことは誰にも言わなかった。親にバレたのは、受賞作の書籍見本が自宅に郵送されてきた中三の冬休みだった。

運悪くそれは晴樹の留守中に届き、継父が受け取った。成人男性向けの官能雑誌なども刊行している出版社名が大きく印刷された段ボール箱を不審に思った継父は、それを勝手に開封した。

小説の内容自体はいたって健全なものだったが、晴樹が家族に内緒でそんなことをしていた事実と、大きな胸元がことさらに強調された少女たちが並ぶカバーイラストから内容を誤解し、激怒した継父によって、晴樹は帰宅するなり平手打ちをくらった。

『こそこそこんなことをして！　高校受験の大事な時期だっていうのに、おまえは何を考えてるんだ！』

継父は、晴樹に跡を継がせると勝手に決め、医学歯学系入試に強い隣県の私立高校の特進クラスを受験するようにと以前から言っていた。

晴樹はそれにはまったく乗り気ではなかった。

『俺は歯医者になるつもりなんてない』

『従わないなら、高校の学費は出さないからな』

二人の揉《も》めごとの間に、いつものように母親がうろたえながら割って入った。

『晴樹、お父さんに謝って。お父さんが嫌がっているんだし、もうこういうのはやめて？ね？』

こういうの、と新刊見本の箱を汚いもののように指さして、母はすがるように訴《うった》えてきた。

もしも母が認めて喜んでくれたら、そのうえでの懇願だったら、従っていたかもしれない。

でも、母は知らない間に息子が成《な》し遂《と》げたことを、知りたがるでも褒《ほ》めるでもなく、ただただ夫の機嫌を損ねたくない一心で否定してきた。

誰一人認めてくれないことで、晴樹はより一層意固地になった。

継父の薦める進学先を拒《こば》み、地元の公立高校に進学した。学費は自分の口座からの引き落としにした。

継父との諍《いさか》いはその後も絶えなかったが、外ではなにごともないかのように快活な自分を演じ続けた。

家庭に揉め事を抱《かか》えていることを、人に知られたくなかった。それは母の実家で暮らしていたときにも同様だった。

思春期の子供なら誰でも少なからず持っている感情だと思うが、家庭内の不和や自分が虐《しいた》げられている状況を人に知られるのは、なにかすごくいたたまれないことのように、その当時は思えた。自分がそんな扱いを受けるような無価値な人間であることを、誰にも知られたくなかった。

だから、家出をするとか、継父の暴力を言いふらして社会的地位を貶《おとし》めてやるとか、そんな衝動に一瞬駆られはしても、実行するには至らなかった。そんなことをすれば、自分の状況を周囲に知られることになる。それに、母親が不幸になることも、晴樹の本意ではなかった。

晴樹が高二のとき、歳の離れた弟が誕生した。両親の関心がそちらに向かってくれたことに、心底ほっとした。

大学進学で晴樹は故郷を離れた。

デビューした瞬間が注目のピークで、その後は期待されたほどには売れなかったが、デビュー当時からの担当、小山田稔《おやまだみのる》は、常《つね》に晴樹を励《はげ》まし寄り添い、アイデアを出しては、晴樹を支えてくれた。売れっ子とはいえなくても、コンスタントに仕事をもらえるおかげで、親を一切頼らずに学生生活を送ることができて、呼吸をするのがとても楽になった。

母の実家で暮らした時分も、母の再婚後も、居場所のなさや自分の存在意義に人知れず悩みを抱えてきた晴樹にとって、才能を認め、「作家」という居場所を与えてくれた小山田の存在は大きかった。

常に晴樹のことを親身に考え、なんでも相談にのってくれる兄のような存在の小山田への感謝と信頼が恋心へと変わるのに、さほど時間はかからなかった。

抑えきれない想いを打ち明けたのは、大学一年の冬。小山田が受け入れてくれたときは、天にも昇る心地だった。

晴樹は小山田に自分の生《お》い立《た》ちを打ち明け、『大変だったな』とねぎらってもらうことで、過去の自分から解き放たれたような心持ちになった。

小山田の前で無邪気に笑い、涙を流し、時には拗《す》ねたり怒ったりして甘え、どんな態度を取ろうと自分のすべてが受け入れられることに、言いようもない幸福感を覚えた。

今までの人生の困難は、すべて小山田に会うための伏線だったのだと自己陶酔《とうすい》し、にわか恋愛哲学を、知ったかぶって友人に語ったりしていた。

あのころの初恋ハイな自分を思い出すと、地面を転げまわってそのまま奈落《ならく》の底まで転落してしまいたいほど恥ずかしくなる。

ドラマなどに登場する作家は、度々《たびたび》編集者と直《じか》に打ち合わせをしたり、編集者が仕事場まで原稿の催促《さいそく》に行ったりしているが、実際は直接編集者と顔を合わせる機会はまれだった。大概《たいがい》のやりとりはラインやメールで済んでしまうし、多少込み入った案件でも、電話で事足りる。

晴樹と小山田は単なる担当と作家という間柄《あいだがら》ではなくなっていたから、時間を見つけては一緒に過ごしたが、多忙な小山田とはそれでも月に一、二回会えればいい方だった。

あまり会えないおかげで、恋心の鮮度は落ちることなく、関係は三年ほど続いた。二十歳そこそこの青年にとって、ひとまわり年上の小山田は、この世のすべてを知り尽くした頼りがいのある大人の男に見えた。

終焉《しゅうえん》は、ある日あっけなく訪れた。

土曜の午後、都内のカフェでのデート中に、小山田の知り合いに出くわした。

久しぶりだな、と、声をかけてきた男は、友人と呼ぶには少々若すぎる晴樹に、興味深げな視線を向けてきた。

小山田は晴樹を担当作家だと紹介した。それは事実だし、そこで恋人だなどと紹介されてもお互いに気まずいから、特に違和感は覚えなかった。

しかし、その後の男のひとことに、耳を疑った。

『休日も仕事だなんて大変だな。奥さん、淋《さみ》しがってるんじゃないか?』

最初、晴樹には意味がわからなかった。しかし小山田の顔色が変わったのを見て、頭の中が真っ白になった。

男が立ち去ると、小山田は沈鬱《ちんうつ》な表情で、言いにくそうに言った。

『書類の上ではまだ夫婦だけど、もうだいぶ前から気持ちは離れてる』

悪い冗談みたいだと思った。三年つきあったのに、既婚者だったなんてまったく知らなかった。

その言い訳も、よく聞く不倫男《ふりんおとこ》のようだった。

混乱しながらそれでもまだその瞬間には、信じたい気持ちが強かった。

性指向を隠して結婚したけれど、晴樹との運命的な出会いで自分の本質に嘘はつけないとわかり、妻と晴樹双方への罪悪感に苦しんできたんじゃないか、とか。

怖くて晴樹の方から何かを訊《たず》ねることはできなくて、その日はなにごともなかったように過ごした。

数日悩んだあと、意を決して同じレーベルの顔の広い作家に、ご無沙汰《ぶさた》の雑談ラインを装って、小山田の結婚について知っているかと訊ねた。

相手はこともなげに言った。

『確かおめでた婚だったらしいな。去年だっけ？』

既婚者だと知った瞬間がショックのピークだと思っていたのに、さらなる衝撃に頭の芯が冷たくなった。

既婚者であることを隠して晴樹とつきあい始めたのではなく、結婚の方があとで、しかもデキ婚。

こんなひどい裏切りってあるだろうか。

仕事に関して、出版社とのやりとりはすべて小山田経由で、ほかの編集者と連絡を取る機会は皆無だったから、バレることはないと高を括《くく》っていたのか。

しかし、同業者から簡単に聞き出せてしまったことからしても、完璧《かんぺき》に隠し続けることなど無理だと、小山田だってわかっていただろう。つまり、バレたらバレたでいいという程度の気持ちだったのか。

のぼせあがっていただけに、ショックはとても大きかった。

騙《だま》していた小山田への憤《いきどお》りや悲しみはもちろんのこと、そんな男に心酔《しんすい》していた自分が情けなくて恥ずかしかった。

恥ずかしい、という感覚は、物心ついてから常に晴樹について回った。

煙たがられながら親戚の家に居候《いそうろう》する恥ずかしさ。

気の合わない継父に養われる恥ずかしさ。

そして、恋人だと思っていた男にすっかり騙されていた恥ずかしさ。

裏切りの事実を暴露《ばくろ》して、自分に同情を集めようという気持ちは、今回も湧かなかった。それよりも今までと同じように、自分がそんな恥ずかしい存在だということを誰にも知られたくなかった。

小山田からは、話したいことがあるというラインが何度か来た。

そういえば小山田は、会えばやさしい言葉も甘い言葉も山ほど浴びせかけてくれたけれど、メールやラインで色恋めいた話をしたことは一度もなかったなと思う。

それを仕事とプライベートをきっちり分ける大人の流儀だと買いかぶって、尊敬していたけれど、こうしてみると、つまりは証拠を残したくなかっただけなのだろう。

晴樹は小山田の申し出を拒み、もう会わないと返した。プライベートのみならず、仕事でも。そうしてラインをブロックした。

連絡を絶ったことで、直接家に押しかけてくるかもしれないと、不安半分、期待半分に想像したりもした。憔悴《しょうすい》しきった小山田が玄関先に現れて、妻とは別れたからやり直して欲しいと懇願してきたら、どう答えようか。

一週間ほどして、出版社の封筒で郵便物が届いた。小山田からのリアクションかと緊張しながら開封すると、中身はファンレターの転送だった。

五通ほどの手紙のうち一通は、ファンレターの体《てい》をとった、他社からの仕事依頼の手紙だった。

ファンレターは編集部で開封され、中身を確認してから転送される。悪意のあるものや、他社からのコンタクトなどは、編集部で留められ、内容報告はあっても、現物が手元に届くことはこれまでになかった。

小山田がファンレターのチェックをしなかったのは、もう担当ではないという意思表示だと想像がついた。

引きとめられても断るつもりでいたが、そんな心配は無用だったということだ。もっと売れっ子なら、担当を替えるなり編集長が出てくるなりで慰留《いりゅう》されたのだろうが、幸か不幸か、その程度の人材だったのだ。

仕事も恋も突然失って、何もすることがなくなった。

三日ほど、飲まず食わずでふて寝して過ごしたあと、このままではいけないと我に返った。

こんなところで衰弱《すいじゃく》しているのが見つかったら、継父に「ほら見たことか」と思われる。母の立場も悪くなるし、弟の人生にも影響が出るだろう。

結局のところ、晴樹を追い詰めるのも救うのも、恥ずかしいことを隠しおおせたいというなけなしのプライドなのだった。

なにごともなかったように生きていくために、新しい仕事を探さなくてはと思いながら、ひとまずリハビリがてらファンレターに返事を書いた。今やファンレターなどというアナログな文化は滅亡の危機に瀕《ひん》しているが、ＳＮＳをやっていないせいで晴樹はいまだにわずかながら手紙で感想をもらう機会に恵まれていた。

他社からの依頼の手紙には、一応名刺を同封して、形式的な礼状を返した。

二日後に、その出版社から電話がかかってきた。現担当の的場瑞恵からの、初めての連絡だった。

的場は、これまでにもダメ元で手紙を出していたこと、今回思いがけず返事が来て舞い上がったことなどを、ハイテンションに話してくれた。

やはり今までは小山田がガードしていたが、今後はもう公私ともに慰留するつもりはないということなのだと思い知った。

的場からのオファーに、最初は戸惑った。辛《かろ》うじて赤字ではない中の下ランカーというのが、晴樹の自己評価だった。これまでは、デビュー元であり、小山田との関係もあって七年間仕事をもらえていたが、他社から引き合いがくるようなレベルだとは思っていなかった。

しかし的場はデビュー作から晴樹のファンで、いつか一緒に仕事をできたらとずっと思っていたと言ってくれた。奇特な人だなと感じた。

的場が編集をしているレーベルはいわゆるライト文芸ジャンルで、晴樹がこれまで書いてきたラノベよりも少し上の世代向けの小説を書いてみないかと持ちかけられた。

ラノベに薄々自分の限界を感じていたのは事実だった。元々、好きの情熱で書き始めたジャンルではない。感性ではなく理屈で書いてきたため、いわゆる萌えというものを見誤ることも多く、そのあたりは編集サイドからのアドバイスや、小山田との恋愛関係でモチベーションを上げて気付かないふりをしていたが、遅かれ早かれ、行き詰まるのは明らかだった。

小山田との縁が切れた今、もう小説から離れて、堅実な仕事を探した方がいいのではないかとも思った。しかしすでに大学四年生の秋。就活の時期などとっくに過ぎている。

熱心に誘ってくれる的場には、救われるものもあった。こんなことでもなければ、きっと落ち込みから立ち直れなかったはず。

とりあえず一作ということで、晴樹は果物屋を舞台にしたライトミステリを書いた。

これまでのジャンルの読者には申し訳ないと思いつつ、魔法少女や転生や精霊などの要素を取り入れなくてもいい現代ものの作品は、とても書きやすく、性《しょう》に合っていると感じた。

これが爆発的ヒットにでもなれば、それこそ運命的な転機といえたが、やはり大して売れもしなかった。それでもまあ、赤字にはならなかったようで、的場はポジティブな期待を口にしてくれて、次の依頼をくれた。

もうこうなったら、自分で先のことを決めるのではなく、状況に身をゆだねよう。完全に用無しになったら、そのときにまた考えよう。

そう腹をくくって、目の前の仕事を黙々とこなすうちに五年の月日が流れて、著作のドラマ化の話が舞い込んだのだった。

2

出版社の応接室で、晴樹《はるき》はやや緊張しながらジャケットの襟元《えりもと》を直した。

ドラマ化の話をもらったときには、どこか他人事《ひとごと》のような気持ちでいた。実際、脚本もキャスティングも晴樹とは無関係なところでどんどん進んでいたので、ノータッチのまま自分が原作者だということも忘れ、一ファン、一視聴者として視聴することになるんだろうなと思っていた。

だから、三島鼓太郎《みしまこたろう》とのこの対談企画の連絡をもらったときには、油断の不意をつかれて、ぎょっとした。

「三島さん、もうすぐ到着されるようなので、今しばらくお待ちくださいね」

今日の企画を担当するテレビ雑誌の女性編集者・下田《しもだ》が、そう告げて、スマホ片手に部屋から出て行った。

「なんだかドキドキしますね」

隣に座った的場《まとば》が上気した頬を両手で押さえる。

「あの三島鼓太郎と同じ部屋の空気を吸える日が来るなんて！　あ、瓶《びん》とか持ってくればよかったわ。こうやって部屋の空気を詰めて……」

冗談なのか本気なのか、瓶を振って部屋の空気を集める仕草をする的場に、晴樹は思わず噴き出した。

「面白《おもしろ》いなぁ、的場さん」

「そういう夏川《なつかわ》先生は余裕ですね」

「そんなことないですよ」

「そんなことありますって。夏川先生、いつも飄々《ひょうひょう》としてて、緊張とは無縁に見えます。私なんて心臓バクバクですよ」

「俺だってドキドキして、脈すごいことになってますよ」

「どれどれ」

的場が晴樹の手首に指をあててくる。

「大したことないじゃないですか。ほら、私なんて……」

脈を探り合っていると、背後のドアがガチャリと開いた。

びっくりして、二人で手を握り合ったまま振り向いた。

下田に案内されて、三島鼓太郎とマネージャーと思《おぼ》しき男性が、室内に入ってきた。

「うわ、イケメン！　顔ちっさ！」

的場が晴樹にだけ聞こえるような小声で、耳元で囁く。

確かに、目の前に現れた三島鼓太郎は、テレビ画面ごしに見るより格段に等身が高く、端整な顔立ちをしていた。

手に手を取り合って寄り添う二人に、鼓太郎はきれいな二重《ふたえ》の目を見開き、それからふわっと微笑《ほほえ》んで、低くてやさしい声でのんびりと言った。

「仲良しなんですね」

仲良しって……。

人柄は、テレビで見たままのド天然といった雰囲気だ。

鼓太郎に見惚《みと》れていた的場は、そのひとことで我に返った様子で、晴樹の手を振りほどいた。

「仲良しだなんて！　違うんです！　決して密室で担当作家とおかしなことをしていたわけでは……」

「的場さんやめて？　むしろあらぬ誤解を招くから」

晴樹は苦笑いで的場を制し、三人の方に向き直った。

「三島さんとお会いできるということで、二人で緊張して、脈を確かめ合っていたんです」

ここは正直にぶっちゃけることで笑いを取って、緊張を和《なご》ませようと試《こころ》みる。

下田とマネージャーは、思惑《おもわく》通り晴樹の言葉にクスクスと笑ってくれた。

しかし鼓太郎は、大真面目《おおまじめ》な顔をして晴樹の方に歩み寄ってくると、いきなり腕を差し出し

てきた。

「じゃあ、俺も確かめてもらってもいいですか？」

「え？」

「夏川先生に会えるのが嬉しくて、昨夜は緊張で一睡《いっすい》もできなかったんですよ」

ほらほらと言わんばかりに採血のポーズで腕を突き出されて、勢いに気圧《けお》され、言われるがまま鼓太郎の手首に指を添える。

等身が高いせいで細身に見えたが、触れた腕は思ったよりも筋肉質でしっかりしている。部屋にこもってパソコンのキーボードを叩くくらいしか労働しない晴樹の腕の方がひとまわり細い。

「ね、すごいでしょう？」

「いや、自分の手汗がすごすぎて、脈どころじゃないです」

おどけ気味に言うと、また周囲からクスクス笑いが起こる。

ちょうどカメラマンがやってきて、脈をとる姿が面白いと数ショット撮影してから、晴樹と鼓太郎は一人がけのソファに並び合うように座り、司会進行の下田が向かいに座った。

「今日はお待たせしてしまってすみません」

律儀《りちぎ》に頭を下げる鼓太郎に、晴樹は「いえいえ」と恐縮した。

「撮影を抜けてらしたとか。お忙しい中すみません」

「すみませんだなんて、こっちの方がよほどすみませんです」

大真面目な顔で変な言い回しをして一同を笑わせたと思ったら、鼓太郎は腰を浮かせて自分の鞄《かばん》に手を伸ばした。

「あの、いきなりアレですけど、すみませんな流れに乗じてサインとかいただいてもいいでしょうか」

バッグから出てきたのは、塾講師シリーズの一巻と、デビュー間もないころに書いた魔法少女の話だった。

「ラノベ時代から夏川先生の大ファンなんです。まさか自分が先生の作品のキャラクターを演じられる日が来るなんて思いませんでした」

晴樹の方こそ、まさか鼓太郎が自分の小説を読んでいてくれたとは思いもよらず、「え」と固まってしまう。

晴樹の反応に、鼓太郎は、よくファンからかわいいと評されるクシャっとした笑みを浮かべた。

「俺みたいなバカが本を読むとか、信じがたいことかもしれないですけど、結構本は好きなんです。ルビのない漢字は飛ばすこともありますけど」

マネージャーが苦笑いで口を挟《はさ》んできた。

「鼓太郎くん、言わなくていいことはなるべく言わずに済まそうね?」

「だって、バカでも本は読めるんだってことを先生にわかってもらわないと」

晴樹は慌てて顔の前で手を振った。

「いや、僕が『え』ってなったのは、当然ですけどそういう意味ではなくて、三島さんが拙作《せっさく》を読んでくださっていたのが嬉しい驚きで。正直、売れっ子とは程遠いし、今回のドラマ化もなんのまぐれかっていう話だったので」

今度は的場が割って入る。

「夏川先生、そこは嘘でも売れっ子のふりをしておいてください！」

再びその場は失笑に包まれた。

晴樹が本にサインを入れるところを、鼓太郎が前のめりになって覗き込んでくる。その様子をまたカメラマンが撮影したあと、下田が進行表らしきものを取り出して、笑顔で口を開いた。

「お二人の自由なやりとりを拝見しているのがいちばん楽しい気がしていますが、時間の制限もありますので、ここは私が仕切らせていただきますね。ええとそれでは、まず、ドラマ化が決まったとき、夏川さんはどんなお気持ちでしたか？」

「いや、まったく信じられない思いでした。さっき担当さんに叱《しか》られましたけど、まあ地味なタイプの作風なので、まさかこんな人気俳優さん主演でドラマ化していただけるなんて、夢にも思いませんでした」

「三島さんの方はいかがですか？　この作品の打診を受けたとき」

鼓太郎は常人にはない輝きを瞳に浮かべて言った。

「俺の方こそ、夢かと思いました。大好きな夏川先生の初ドラマ化作品で、主演させていただけるなんて、もう嬉しすぎて。あ、でも、俺なんかで塾の先生に見えるかなっていう不安はありましたけど」

「鼓太郎くん、おバカネタは封印でお願い。仕事の幅《はば》、狭《せば》まっちゃうから」

またマネージャーがひとこと言って、みんなを笑わせる。和やかな雰囲気につられて晴樹も笑いながら「でも」と鼓太郎に視線を向ける。

「ドクターや弁護士の役も素晴らしく演じてらっしゃいますよね?」

「え、うそ。ご存知なんですか、俺が出てたドラマ?」

鼓太郎に心底びっくりしたような顔で問い返されて、晴樹の方こそびっくりしてしまう。

「もちろん。日本人ならほぼ全員知ってるんじゃないでしょうか」

的場も下田もうんうんと頷き、鼓太郎は「えー、びっくりした」と真顔で呟いている。

「では、こうして顔を合わせられて、お互いの印象はいかがですか? まずは三島さん」

テレビで見てきた通りというか、それ以上の天然ぶりに、なんだかほっこりしてしまう。

「イケメンすぎてびっくりしました」

真顔で言う鼓太郎に、晴樹は喉をうるおそうとして口元に運んだコーヒーを噴きそうになった。

「イケメンにイケメン呼ばわりされてしまった」

リアクションに困っておどけてみせると、

「でも確かに、整ってらっしゃいますよね」

下田がお世辞でフォローしてくれる。

「ほら、先生！　だからカバーそでに著者近影載せましょうっていつも言ってるじゃないですか」

なぜか的場には怒られてしまう。

「いや、僕のは必死で取り繕《つくろ》ってるんです。今日は顔出しの仕事だっていうから、一週間糖質オフして二キロしぼって、昨日はカットだけで九千円もする西麻布《にしあざぶ》のヘアサロンに行って、手持ちの中ではいちばんおしゃれに見えるジャケットをチョイスしてきました」

糖質オフのくだりは盛っているが、事実半分、冗談半分でおどけてみせる。

みんな面白いくらいウケてくれるのでほっとする。

「それでは、夏川さんから見た三島さんの印象は？」

「こちらこそ、イケメンすぎてびっくりしました」

「あ、やはりまずはそこ？」

「テレビで見てもめちゃくちゃかっこいいなと思ってましたけど、本物の破壊力、半端ないですよね」

われている。

密《ひそ》かにファンの身としては、こうして仕事の体裁《ていさい》をとってみても、やはり気付くと目線を奪われている。

「確かにそうですよね」

下田も若干《じゃっかん》仕事を逸脱《いつだつ》したうっとり感で鼓太郎を見つめる。視界の端では的場がヘドバンばりに頷きまくっている。

鼓太郎は長い脚を組み替えながら、「うーん」と考える顔になった。

「見た目にエネルギー吸い取られ過ぎた結果、脳ミソに栄養が回らなかったのかな」

「鼓太郎くん、おバカネタ禁止って言ったよね？」

マネージャーの再三の注意に、また笑いが起こる。

対談は終始和やかに進んだ。

鼓太郎の天然癒《いや》しキャラは、テレビで見るよりさらに好ましかった。自分はしゃべりすぎず、晴樹の話には目を輝かせて熱心に相槌《あいづち》を打ってくれる。キラキラした目で見つめられると、自分がいっぱしの作家になったような昂揚感《こうようかん》を覚えた。

スムーズな進行で、対談もほぼ終わるというところで、下田が進行台本を閉じながら顔をあげて言った。

「今回のドラマ化を機に、私も改めて原作を再読させていただいて、キャスティングが絶妙だなって思ったんですよね。オリジナルで脚本を書かれる脚本家さんの中には、先にキャスティングを考えてあて書きする方もいらっしゃるって聞きますけど、夏川さんも今作を書かれるにあたって、実は最初から三島さんをイメージしてらしたなんてことはないですか？」

図星をつく質問に、ひやりとした。

晴樹が答えるより早く、的場が「残念ながら」と苦笑いした。

「それはないですね。夏川先生は実在の人物をモデルにするのは苦手みたいですし」

疚《やま》しさゆえに、折あるごとにそう言っておいたのを、的場は素直に信じてくれている。

本当は常《つね》に実在の作品や人物からアイデアをもらっているうえ、恋愛対象が同性である身で、心惹《ひ》かれる相手をモデルにしたことが、本人を目の前にしてとてもうしろめたくて、それを誤魔化すために、余裕の笑みを取り繕って、まわりくどい演技に走ってしまう。

「そういう書き方が出来たら、もっと魅力的な作品が次々書けると思うんですけど、どうも僕は不器用で。あ、でも、昔の担当さんから聞いた塾バイトのネタとか、ちょっと使わせてもらったりしたので、広い意味ではモデルにさせてもらったって言えるのかなぁ」

自分の口から転がり出た作り話に、おいやめろと心の中でツッコミを入れていると、的場が目を丸くした。

「あら、初耳！　あれって前の担当さんがモデルだったんですか？」

「いや、あくまで塾講師ネタの部分の話ですよ」

落ち着き払ったそぶりを装って返しながら、咄嗟《とっさ》とはいえどうして小山田《おやまだ》の話題など出したんだろうと自分にうんざりする。地元で実際に塾講師をしている友人もいるのだから、そっちの話をすればよかったのに。

これ以上なにか突っ込まれたらどうしようと、内心焦《あせ》っていると、「あの……」と鼓太郎のマネージャーが申し訳なさそうな声を出した。

「すみません、三島はそろそろ現場に戻らないといけないので」

「そうでしたね！　申し訳ありません」

下田がレコーダーを止めて、席を立った。

「本日はお忙しい中、楽しいお話をありがとうございました。文字に起こしたら、一度確認をお願いいたしますね」

晴樹も立ち上がり挨拶《あいさつ》を交わし合ったあと、鼓太郎はマネージャーにせかされるようにしてドアの方へと向かった。

後頭部の形が美しいその後ろ姿を目で追いながら、晴樹は安堵《あんど》の溜息を吐《つ》いた。

最後は少々危なっかしかったけれど、ことなきを得てほっとした。

終わってみれば、多分晴樹の人生の中でも指折りの幸福な時間だったのではないかと思えた。

憧れの俳優と対談する機会なんて、あとにも先にも今回くらいなものだろう。もう少しちゃんと堪能《たんのう》しておけばよかったと思ったが、まあだいたい、修学旅行でも学園祭でも、最中は無我夢中で、あとで振り返ってようやく楽しかったなと実感できたりするものだ。

今夜、寝る前にでもじっくりと、この夢のようなひとときを反芻《はんすう》しよう。

そんなことを考えながらジャケットを羽織っていると、下田に送り出されて一旦《いったん》閉まったドアが再び開き、鼓太郎がひょいと顔を覗かせた。

「あの」

ためらいがちに声を発しながら、スマホ片手に、キラキラした目でじっと晴樹の方を見つめてくる。

「すみません、さっきお願いし損ねちゃったんですけど、連絡先の交換とかってNGですか?」

傍《かたわ》らで的場が「ひゃあ」とはしゃいだ声をあげた。

「三島鼓太郎と連絡先交換だなんて、すごすぎません?」

小声で囁いてくる的場をよそに、晴樹は内心困惑する。

雲の上の芸能人と、こんな席を設《もう》けてもらったのは光栄だが、正直、この一回だけでいい。連絡を取り合おうなどとは毛頭《もうとう》思わない。

どうしたものかと周囲に視線を巡《めぐ》らせると、女性編集者二人とカメラマンは、微笑ましそうに見守っている。

いっそマネージャーが止めに入ってくれないかと思ったが、腕時計に視線を落としながら、「申し訳ないんですけど、急ぎでお願いします」と逆にせかされてしまった。

断れる流れではない。しかも、複雑な心中とは裏腹に、晴樹は人あたりよく陽気なキャラクターだと周囲からは思われているし、実際そう見えるように自分を演出している。ここで「そういうのはちょっと……」などと渋るキャラではない。

「え、こんなラッキーあっていいのかな」

夏川晴樹ならこんなトーンで言いそうだなという調子の良さで、晴樹は自分のスマホを取り出してラインの連絡先を交換した。

「ありがとうございます‼」

満面の笑みで手を振りながらマネージャーに連れ去られていく人懐っこいイケメンに手を振り返しつつ、まさかの展開に内心動揺していた。

3

見せかけとは裏腹にあまり人づきあいのスキルが高くない晴樹《はるき》は、鼓太郎《こたろう》から連絡がきたらどうしようかと最初の数日は身構えていた。

しかし、三日過ぎ、一週間が過ぎ、一ヵ月が過ぎると、あの申し出は単なる社交辞令の一環だったのだろうと、拍子抜けしつつほっとした。故郷とイケメンは、遠くから思いをはせる程度でちょうどいい。

初夏から晩夏へと季節が移ろう間に、塾講師シリーズドラマ化の帯付きの、塾講師とは関係のない新刊が書店に並び、対談の記事が載った雑誌が発売になった。

そして、初めて薄いコートを羽織った日に、ドラマの第一話が放送された。晴樹は録画予約をしたうえで、リアルタイムで視聴した。

塾講師シリーズは、生徒の身の周りで起こるちょっとした事件を、イケメンだが天然な塾講師・新藤《しんどう》先生が解決していく、コメディタッチのミステリだ。

モデルにした本人が演じてくれているので、イメージは申し分ないほどぴったりと合っていて、あまりのシンクロ具合に鳥肌が立つほどだった。

だが晴樹を驚嘆《きょうたん》させたのは、晴樹が意図したのとは違う演出や演技の部分だった。イメージ通りの演技の合間に、晴樹の脳内にはなかった表情やしぐさをみせる新藤は、小説の何倍も奥行きがあって魅力的に見えた。

役者ってすごいなと、しみじみ思った。生身の鼓太郎に会ったせいで、余計にそう思う。あののどかな雰囲気をまとった人のいい青年が、こんなふうにまったく別人の色彩を放つなんて。

ちょうど見終えたところに、的場《まとば》からラインがきた。

『面白《おもしろ》すぎて一瞬でしたね！　今からもう一周します！』

原作者として、またはファンとしての欲目ではなく、やはり絶対的に面白かったのだと嬉しくなった。

晴樹も録画したものをもう一度観ることにした。

クライマックスに差しかかったところで、スマホの通知音が鳴った。ドラマに神経を向けながら、ちらりと視線をスマホ画面に落とすと、なんと鼓太郎からのメッセージが表示されている。

『今日は夢のような時間をありがとうございました！　今度ぜひ、ご』

中途半端なところで唐突に終わっているうえ、夢のような時間とはなんの話だろうかと首をかしげる。ドラマ初回放映をそんなふうに表現しているのか？　なんとも独特な感性だなと思っていると、メッセージがパッと消えて、送信取り消しの文言が表示された。

なるほど、送信相手を間違えたようだ。

そう思った瞬間、今度は通話の着信音が鳴り響いた。

画面をタップすると、

『すみません、今、大丈夫ですか?』

まさに今、テレビの中で喋《しゃべ》っている塾講師と同じ声が、スマホから聞こえてくる。

心拍数が一気にあがるのを感じつつ、晴樹は平静を装って応じた。

「大丈夫です」

『変なメッセージを送信してしまって、すみません!』

誤送信をわざわざ通話で謝罪してくる人気俳優の律義《りちぎ》さに、晴樹の方が恐縮してしまう。

「とんでもない。送信先間違いはよくあることですから、気にしないでください」

『いや、送信先は間違ってないんです』

「え?」

『ええと実は……』

鼓太郎は、無邪気と照れの入り混じったような声音で言った。

『先生の連絡先をゲットして浮かれて、対談の日の晩に、早速ご飯とか誘ってみようと思って、メッセージを送りかけたんですけど、いや、それはダメだって思って。だって、それだとカンニングになっちゃうじゃないですか？』

「カンニング？」

『会ったら、どう演じたらいいかとか、どう演じて欲しいかとか、絶対訊《き》いちゃうと思ったから。でも、キャストで先生の連絡先知ってるのは、多分俺だけだと思うので、それをやっちゃったら俺だけズルじゃないですか』

そんな発想はなかったので、思わず笑ってしまう。

「いや、どのみち俺は演技指導なんてできないから」

『でも、俺が詰め寄ったらなにかしらヒントをくれるでしょう？　俺だけそんな抜き書きは卑《ひ》怯《きょう》だと思って』

「ええと……抜け駆けのことかな」

『そう、それ！　さすが日本語のプロですね！』

「いや、あの……」

テレビの中では、鼓太郎演じる新藤が、高校生に流暢《りゅうちょう》に微分を解説している。原作通りの秀才にしか見えないのに、当の本人はこの天然ぶり。

『それでずっと我慢してたんですけど、昨日無事クランクアップしたので、ようやく先生に連絡できるって盛り上がって。そしたら、お会いした晩に途中まで書いたメッセージが残ってて、削除しようとしたら、うっかり送信しちゃったんです』

「ああ、そういうことだったんですね。クランクアップ、お疲れさまでした」

『ありがとうございます。すごく楽しい現場だったので、名残惜《なごりお》しいです。あ、もしかして今、ドラマ観てます?』

テレビの音声が、スマホごしに届いているようだ。

「ええ。リアタイしたんだけど、すごく面白かったので、今二周目を」

『ホントですか? めっちゃ嬉しい! 俺、先生のイメージと合ってました?』

鼓太郎が昂揚《こうよう》した声で訊《たず》ねてくる。

「めちゃくちゃ合ってるところと、思いもよらない意外なところがあって……」

『うそ、やらかした?』

「いや、そこがすごい魅力的で、もう一回観たくなって」

『マジですか? 気を遣《つか》ってません?』

「マジです」

『嬉しいなぁ。じゃあ、お茶とか誘ってもいいですか?』

そこでどうして「じゃあ」なのかわからないが、人気俳優からのお誘いにちょっと尻込みする。

「それは光栄ですけど、お忙しいんじゃないですか?」

『先生、日本語のプロなのにおかしくないですか?』

「はい?」

『俺が誘いたくて誘ってるのに、なんで俺の忙しさを心配するの? むしろ俺の方が言う台詞《セリフ》じゃない?』

天真爛漫《てんしんらんまん》な口ぶりに、言われてみればその通りだなと笑ってしまう。

「確かにそうですね」

『でしょ? それで、先生もきっと忙しいと思うんですけど、お茶とかメシとか行けたらいいなって』

「ありがとうございます。機会があったらぜひ」

晴樹は当たり障《さわ》りなく返す。

こういうやりとりは、折に触れて発生する。担当や装丁のデザイナー、取材先などの仕事関係の人たちから、学生時代の同級生まで。

誘う方も誘われる方も、あらかた挨拶《あいさつ》代わりに口にしているだけで、ほぼ実現しない。晴樹の方で無意識に実現しない方向にもっていっているのかもしれないが。

『ちなみに、来週だったら月曜と木曜の夜があいてるんですけど、先生のスケジュールはどんな感じですか?』

だから、鼓太郎が具体的な日取りを口にしたのには驚いた。

「え、マジで言ってます?」

『は？　マジでってどういう意味？』

「いや、社交辞令じゃないんだなって」

思わず心の声が漏れ出る。

別に卑屈《ひくつ》さからそう思ったわけではない。人気芸能人が本気でそんな誘いをするだろうかというごくまっとうな感覚と、いつも通り社交辞令であって欲しいというそこはかとない願望があった。

多分、知り合いの大半は、晴樹のことを社交的で人好きのするタイプだと思っている。人前に出ると無意識にそういう自分を演じてしまうのだ。だから疲れる。

それに、鼓太郎はここ数年晴樹の脳内アイドルだった。そういうのは多分、距離を詰めたら、隠していてもうっかり漏れ出てしまうものだと思う。だからあまり近づきたくない。遠くから一方的に観賞させてもらうだけでいい。というかそっちの方がいい。

『えー、なんか傷ついたんですけど』

晴樹の心中など知る由《よし》もない鼓太郎は、音声だけでも口を尖《とが》らせて喋っているのがわかるような声を出した。

『社交辞令ってどういう意味ですか？　俺がなにかたくらんで、先生に取り入ろうとしてるとでも？』

「いや、全然違います。そういう意味じゃなくて……」

『ご飯に誘って距離を詰めて、次の実写化の際にもまた起用してもらおうとかいう野心でも抱《いだ》いてると？』

「いやいや、まさか」

あらゆる意味で飛躍《ひやく》がひどすぎるし。

『そんな男だと思われたなんてすげえショック。もう立ち直れないし、次の仕事にも影響でるかも……』

思いつめた声で言われて、傷つけたか怒らせたかと、晴樹もさすがに焦《あせ》る。

「すみません、失礼なことを言いました。急に連絡いただいたので、テンパってしまって」

『じゃあお詫《わ》びに、ご飯つきあってください。月と木、どっちがいいですか？』

「ええと……」

『来週がダメなら、再来週でも大丈夫ですよ。再来週なら、月曜日の昼か、木曜の深夜で、さささ来週なら水曜の夜、さささ来週なら土曜の夜で……』

さささとかささささってなんだよと笑いそうになりながら、さらに先の予定を伝えてこようとする鼓太郎を遮《さえぎ》る。

「こちらはいつでも大丈夫です」

鼓太郎が「やったー」と明るい声を出す。

『じゃあ最速で、来週の月曜日に』

待ち合わせの日時を決めると、通話はすんなり終わった。

無機物に戻ったスマホを見つめて、晴樹はしばし放心状態に陥《おちい》る。

「……三島鼓太郎とプライベートで待ち合わせって、なんの冗談？」

思わずぼそっとひとりごちる。

しかもお詫びとか言われたけど、本当に怒らせたのだろうか？

そのうえ、待ち合わせは若者に人気のおしゃれな街の駅って、そんな目立ちそうな場所で芸能人が待ち合わせなんかして大丈夫なのだろうか。

様々な疑問と不安に脳内を占拠《せんきょ》され、ドラマの内容が右から左へと流れ去って行く。

そもそもはリアルな接点など持てるはずのない相手であり、だからこそ安心で無防備に憧れを抱《いだ》いていたのだ。

小説のドラマ化で縁ができたときには驚いたが、その時点ではまだ、いい記念になるなくらいの感覚だった。

それが対談で実物に会うことになり、今度はプライベートでの誘い。

正直、困惑していた。

職業病が発動して、つい自分の気持ちを何かにたとえて表現したくなる。そう、たとえば火山が好きだからと言って、噴火中の火口に飛び込んだりはしないだろう？

いや、なにか違うな。

そうじゃなくて、たとえばパイナップルアレルギーだったら、どんなにパイナップルが好きでも、決して口にはしないだろう？

そう、その感覚に近いかも。

気持ちにしっくりくるたとえを見つけて、ちょっとスカッとする。

いやいや、スカッとしている場合ではない。

たとえば好きだった作家も、出版社のパーティーなどで会ったらちょっと幻滅した、などという経験は何度かある。いっそ鼓太郎もそのタイプならありがたいのだが、対談で会った時に、そうではないと確信していた。実物は、テレビごしに見るよりもさらに吸引力のある男。

やはり都合が悪くなったとか、なにか理由をつけて断ろうと、一旦《いったん》ローテーブルに置いたスマホを、再び手に取る。

しかし、そんなことをしたら、またさささとか、さささとか、さささささとか言い出されて、収拾がつかなくなるかも。

鼓太郎の妙に滑舌《かつぜつ》のいい「さ」の連続を思い出すと、知らず頬がゆるんでしまう。

さささ言われないためには、直前にドタキャンした挙げ句フェードアウトとか？

だが、自分の意外と真面目《まじめ》な性格上、ドタキャンなどできないのは晴樹がいちばんよくわかっている。それに、撮影自体は終わっているとはいえ、放送は始まったばかりのドラマでタッグを組んでいる身で、揉《も》め事《ごと》を起こすのもどうか。

いろいろ理屈をこねくり回してみるものの、自分の中に昂揚感が一ミリもないと言えばうそになる。

タイプだなと思っていた芸能人から、食事の誘いをもらうなんて、ちょっとシンデレラ気分ではないか。いくら及び腰とはいえ、唐揚《からあ》げに絞《しぼ》るレモン数滴分くらいの昂揚感はどうしたって生まれてしまう。実際にはレモンは絞らない派だが。

画面の中では、鼓太郎演じる新藤が、推理に没頭《ぼっとう》するあまりホットドッグにケチャップを絞りすぎて、『お行儀悪いわよ』と同僚に注意されている。

「あ、これだ！」

それを見てひらめいた。ひとまず約束通り会うが、相手の方からもう二度と会いたくない気持ちになるように仕向ければいいのではないか？

一週間くらい風呂に入らないで行くとか、ドン引きするほど自意識過剰《かじょう》な格好で行くとか、自分勝手に行動するとか、食事のときにクチャクチャ嚙むとか。

某お笑い芸人の「こんな○○は嫌だ」というフリップ芸が脳裏に浮かび、つい笑ってしまう。

「次回作の主人公は、つい脳内でフリップ芸を繰り広げちゃうキャラってどうだろう」

ちょうどプロットを思案中だった晴樹は、録画を一時停止して、デスクに向かい、なんとなく仕事をする体《てい》で、目の前の問題から一旦逃避した。

改札ごしに、フラワーショップの前でスマホを操る鼓太郎が見えた。

一応キャップをかぶり、メガネを装着しているが、変装というほどでもなく、遠目にも三島鼓太郎だということはすぐわかった。

しかし、意外にも人だかりができたりはしていない。溶け込むのがうまいのもあるし、芸能人に慣れっこの街だから、あえてここを選んだのかもしれない。

時々スマホから顔をあげて辺りを確認していた鼓太郎だったが、数メートルほどまで距離が詰まったところで、ようやく晴樹を認識したらしい。

メガネの奥の目が大きく見開かれる。

「わ、びっくりした。先生、厳重《げんじゅう》装備ですね！」

ワンポイントゲット、と心の中でカウントする。

晴樹は黒のキャップにサングラス、黒マスクに黒のコートを羽織ってきた。自分の方が芸能人気取りかというくらいの自意識過剰さを演出して、ちょっとこの人ヤバいなと思ってもらう作戦だった。

露骨に表情に出して引いてくれてもよかったのに、内心はともかく鼓太郎は表面上すぐに笑顔になった。

「そのサングラス、同じの持ってます。俺もかけてくればリンクコーデできたのに。ていうか、こんな人の多いところに呼び出しちゃってすみません。先生有名人なのに」

いやいや、自分の方が何万倍も有名人だろう。嫌味で言ってくれているのなら作戦成功なのに、どうもそうは見えない。なんの作為もなさそうな無邪気な目を向けてくる。

そうこうするうちに、通りすがりの若い女の子たちが、足を止めたり、こちらをチラチラ見始めた。三島鼓太郎だと気付いたようだ。

「ヤバい、先生気付かれてますよ。これ、かぶります？」

しかし当の本人は、そんなことを言って、自分のジャケットをぬいで晴樹の頭にかけてこようとする。なんたる天然力。まるでコントだ。

会った瞬間からいい匂いだなと思っていたが、服を脱いだ拍子にさらにフレグランスが香り立ち、ザ・芸能人という感じの匂いにちょっとクラクラしてしまう。

「俺みたいな一般人に誰が気付くっていうんですか。注目を集めてるのは三島さんですよ」

「いや、だってこの間の対談で顔写真出てるし、そもそもこれまでだって雑誌とか顔出ししてたし、充分有名人じゃないですか」

晴樹はジャケットを返し、明るい駅構内から夕刻の街へと鼓太郎を促《うなが》した。

「どこか目立たないお店とか入りましょうか」

肩を並べながら鼓太郎が言う。

「いや、その前に、ちょっと寄りたいところがあるんだけどいいですか？」

晴樹はあらかじめ調べてあった最寄りのおしゃれ文具の店へと、鼓太郎を誘った。

「文具店って作家さんぽいですね」

鼓太郎は感心した様子で、店内を見回している。文具店が作家っぽいだなんて、随分《ずいぶん》前時代的な発想だ。最近は原稿はおろか校正などもパソコンの画面上で済ませてしまうから、仕事で文房具を使う機会などほとんどない。

仕事用というより、生活の必要上誰でも使うようなマジックペンやクリップといった文具を、晴樹は時間をかけてゆっくり選んだ。

初対面の同行者への気遣いもなく、自分の買い物に没頭するちょっとおかしい男に、今度こそ引いてくれたらいいのだが。

ちらりと視線を送ると、鼓太郎はノートのコーナーを真剣な顔で見ていた。なんとなくドラマのワンシーンのようで、目が離せなくなる。

晴樹が買い物を終えても、鼓太郎はまだノートの前で悩んでいる。

「なにか欲しいものでも?」

「仕事の反省点を書き記しておくためのノートが欲しくて。なるべくモチベーションがあがるようなデザインがいいんですけど」

散々迷って会計を済ませたあと、鼓太郎は人懐っこい笑みを浮かべた。

「すみません、俺の買い物に延々つきあわせちゃって」

「いや……」

おかしい。ここはどうでもいい用事につきあわせた迷惑な男認定されるための時間だったのに、なぜか人の買い物に辛抱《しんぼう》強くつきあういい人みたいになってしまっている。

露骨《ろこつ》な敵意や悪意ではなく、なんとなくこの人面倒くさいからもう誘うのをやめよう、くらいの感覚を抱いて欲しくて、姑息《こそく》な演出を色々してみたのだが、もう少しギアを上げないと、この気のいい天然イケメンには伝わらないようだ。

「夏川先生、お酒好きですか？　一応、お店の候補を二、三考えてきたんですけど、アルコールメインとご飯メイン、どっちがいいですか？」

晴樹は一瞬考え、それから思い付きを口にした。

「うーん、そうですね。俺的には、三島さんのおうちにお邪魔して、イケメンの手料理が食べたいかな」

すぐに家に来たがるような距離なしの相手が、晴樹は世界でいちばん苦手だ。だからあえてそう言ってみた。いきなりこんなことを言われたら、さすがの鼓太郎もドン引きだろう。好ましい相手に自分から距離を置くというのもつらいが、遠くから眺める方がいいのは自明のことだ。

鼓太郎の顔に浮かぶであろう困惑の表情を、サングラスの奥からじっと見守ったが、その顔に浮かんだのは想像とは真逆の満面の笑みだった。

「マジですか？　うちでいいの？」

「え、あの……」

予想外の反応に、晴樹は思わずサングラスを外した。薄暗い中でこんなものをしているから、表情を見誤ったのではないか？

しかしよくよく顔を見ようと思ったときには、すでに鼓太郎は通りに向かって手をあげ、タクシーを停めていた。

長い脚を折りたたんで先に乗り込んだ鼓太郎は、ぼけっと突っ立っている晴樹の腕を掴んで車内へと引っ張り込む。

ここは断られて気まずい空気が流れる予定だったのに、なんてことだ。

走り出したタクシーの中で、鼓太郎は「うーん」と空を見るようにしてなにか考えだした。

「先生が来てくれるってわかってたら、ちゃんと片付けてきたのに。食材も冷凍とかしかないんですけど」

ようやく迷惑らしい言葉が聞けてほっとする。

「ですよね？　さすがにいきなりは。じゃあ、駅まで送ってもらって、またの機会に」

会って、文具店に寄って、解散。小学生男子ではあるまいしというこのおかしさで、今度こそ疎遠《そえん》にしたい男認定されればラッキーだ。

しかし鼓太郎は無邪気にたたみかけてきた。

「えー、もしかして潔癖症《けっぺきしょう》ですか？　散らかってるのは許せないタイプ？」

ここは異常なほどの潔癖症だと言っておこうか。しかし晴樹が答える前に、鼓太郎がかぶせてくる。

「じゃあ、ドアの前で数分待っててもらえます？　ささっと片付けますので」

「いや、あの」

「もしくは冷食とか許せない系？」

「いや……」

「でも、市販のじゃなくて、自作の冷食なので」

「自作？」

どこの主婦だよと驚いて訊《き》き返《かえ》すと、鼓太郎は、しまったという顔になる。

「潔癖症ってことは、もしかして人が作ったご飯とか食べられないタイプですか？　なら市販のもあるので、そっちをレンチンしますね！」

どんどんピントがずれていく展開に困惑しているうちに、あっという間にタクシーは鼓太郎のマンションに着いてしまった。

立地とセキュリティー的に非常に高級そうな物件に、とんでもないことになったぞとやや緊張したが、

「すみません、五分だけ待ってもらえます？　可能な限り片付けるので」

エレベーターをあがって玄関へと向かいながらそう言ったあと、「いや、五分は厳《きび》しいか……？」などと思案を巡《めぐ》らせる鼓太郎の表情にふっと緊張が解けた。

「俺も片付け苦手なので、そのままで大丈夫です」

「ホントですか？　よかったぁ」

鼓太郎はほっとした表情で玄関扉を開錠《かいじょう》して、「どうぞどうぞ」と晴樹を中へと促した。

リビングへと続く廊下の片側には、通販の段ボール箱やピザの箱が潰《つぶ》して重ねてある。

リビングに入ると、テーブルやソファなどの定番の家具はなく、部屋のあちこちに一点ずつデザインのまったく違うチェアがランダムに置かれていた。丸いスツールも含めて七、八脚《きゃく》はある。背もたれや座面にはジャケットや雑誌が無造作にのっていたりする。

「やべぇ。生活感丸出しですみません」

鼓太郎は服を回収してまわる。

「いやいや、むしろほっとしました。あの人気ユーチューバーの豪邸《ごうてい》みたいなのを想像して、腰が引けてたので」

防犯キーのグレードやエントランスの瀟洒《しょうしゃ》な作りなどは、いかにも高級マンションだが、リビングの広さや間取りの感じは晴樹の部屋とさほどの差はなさそうだった。

鼓太郎は、あははと軽快な笑い声をあげた。

「駆け出しのひよっこ俳優が、あんなところに住めるわけないですよ。ベストセラー作家の先生と違って」

「ベストセラー作家とか、誰の話って感じだけど」

「えー、先生大人気じゃないですか！　ドラマ化もしたし」

「ドラマ化はホントにびっくりしましたけど、正直、立ち位置としては中堅の下くらいですよ」

「そんなわけないでしょう。少なくとも俺にとっては、上の上です。デビュー作からのファンですから。あ、ちょっとこっち見てください」

鼓太郎はリビングとすりガラスのパーテーションで繋《つな》がった部屋の方に晴樹を招いた。背後から覗き込むと、ロータイプのベッドが目に入る。ここで鼓太郎が寝起きしているのだと思うと、俄《にわ》かに生活感を意識させられた。

しかし鼓太郎が見せたがったのは、もちろんベッドではないようだ。椅子の背もたれから回収した上着類をベッドカバーのうえに無造作に放ると、反対側の壁面を指さした。

ダブルのベッドを置いてもまだ十分ゆとりがある部屋の壁面は本棚になっている。

晴樹はサングラスをいつものメガネにかけ直して、本棚を眺めた。

「うわ、読書家」

「ふふ。俺ね、前にも言った通りバカだけど本は大好きなんです。最近は電子で読むことも多いけど、好きな本はやっぱり紙で買いたくて」

そう言って得意げに一角を手で示す。

「じゃーん！　夏川《なつかわ》先生の本は、すべて初版を持ってます」

「お、すごい」

そもそもあまり重版されたことがないので、出回っている本は大半が初版だなどという無粋《ぶすい》なことは、この際言わずにおく。

鼓太郎はさらに目を輝かせ、ラノベ時代の一冊目の本を棚から抜きだした。

「しかも、対談のときにサインをいただいた本以外に、もう一冊サイン本を持ってます」

鼓太郎が開いたページには、確かに晴樹のサインが入っていた。しかも八年前の日付入り。

驚いた晴樹の顔を見て、鼓太郎は形のいい口角をあげる。

「駆け出しでまだ全然無名だったころ、出版社のそばのカフェでバイトしてたんです。時々先生がそこで担当さんと打ち合わせしてて」

八年前の担当と言えば、小山田《おやまだ》のことだ。

「その当時、よく俺だってわかりましたね」

「雑誌に受賞コメントと一緒に顔写真が載りましたよね。それ見てて」

「あー」

「それで、思い切って声をかけたら、サインしてくれて」

「あ、あったかも」

「覚えてます？」

「知らない人から直接サインを頼まれたことなんて、ほぼないから」

確かにそんなことがあった気がする。小山田とは社内の打ち合わせスペースではなく、外のカフェで打ち合わせをする方が多かった。仕事というより、小山田と会えることに浮かれていた当時の自分を思い出すと、恥ずかしくていたたまれない気持ちになる。

サインを求められたときの驚きはうっすら記憶に残っているが、生まれて初めてのことだったのに「うっすら」というところに、当時の自分がいかに小山田に心酔《しんすい》して周囲が見えなくなっていたかがよく表れている。

「俺、若気の至りで失礼な態度をとりませんでした？」

小山田に気を取られて、適当にあしらったりはしなかったかと心配になって訊ねると、鼓太郎は「まさか」とかぶりを振った。

「厚かましいお願いに丁寧に応じてくれて、握手までしてくれて、感激しました。俺もいつか知名度ゲットしたとしても、ファンは大切にしようって思いました」

無意識に発動する己《おのれ》の人畜無害な愛想の良さに感謝するとともに、純粋《じゅんすい》で人のいい鼓太郎に感動する。芸能界について晴樹はまったく詳《くわ》しくないが、きっときれいごとだけでは渡っていけない大変な世界だろう。一人でパソコンに向かっていればいいお気楽な作家とは真逆の仕事だ。

そんな世界を生きながらこんなに純粋できれいな心を持っていられるなんてすごいことだ。

鼓太郎は再びリビングの方に晴樹を促しながら、しみじみした口調で言った。

「タイムマシンに乗って八年前に行けたら、あのときの俺の耳元で囁きたいな。八年後に、なんと夏川先生が俺の部屋に遊びに来てくれるんだよって。絶対信じないだろうなぁ。あ、好きなところに座っててくださいね」

回収し損ねていた椅子の上のニットや台本らしきものを拾い集めながら、「でもそのまえに」といたずらっぽい笑みで続ける。

「まずは昨日の自分のところに行って、明日すごいことが起こるから、とにかく部屋を片付けておけってアドバイスしなきゃ」

普段は画面ごしに見ている顔だけあって、茶目っ気あふれる表情も、荷物を胸に抱《かか》える仕草も、なんだかドラマのワンシーンのようで、つい見惚《みと》れてしまう。

いやいや危険だと慌てて目を逸らし、手近の椅子に腰をおろした。

「あ、これロッキングチェア?」

円形のアルミパイプの脚に黒い帆布《はんぷ》が張られたチェアは、腰をおろすと心地よく揺らいだ。

「そうなんです。窓際の白いのもロッキング」

「一人暮らしなのに、椅子の数、多いですよね」

「椅子、大好きなんです。唯一の趣味といっていいくらい。気に入ったのがあると、すぐ買っちゃって」

晴樹にとっては、椅子なんて実用品という以外の感覚はなかった。仕事用のデスクとチェアも、リビングのソファセットも、主観ではなく、一人暮らしならこんなものかという客観で選んだ。

ゆらゆら揺れながら、そういえば子供のころ、こういう椅子に憧《あこが》れたなと思い出す。

あくまでも憧れであり、自分が所有するなんて考えもしなかった。

それを一人で二脚も所有している鼓太郎に、謎《なぞ》の畏《い》敬《けい》の念を覚える。

「ハイボールでいいですか？　苦手な食べ物とかあります？」

「いや、お構いなく」

「構わせてくださいよ。潔癖症はホントに大丈夫ですか？」

「全然。知らない人が握ったおにぎりでも食べられるタイプです」

「あ、俺も！」

鼓太郎はキッチンカウンターごしに真っ白な歯を見せて笑う。

キッチンからはあっという間にいい匂いがしてきて、またたく間に何かの炒《いた》め物《もの》と、味玉と、ハイボールをトレーに載せた鼓太郎が、鼻歌交じりにリビングに戻ってくる。

折《たた》り畳みのローテーブルにトレーをのせ、スツールを持ってきて晴樹のはす向かいに座った。

「すごいおいしそう」

「これね、お昼の情報番組に出演したときに、料理研究家の先生に教わったんです。肉とか野菜をカットして、たれを絡めて冷凍しておくと、食べたいときに一瞬で一品できるって」

「ベテラン主婦なみのマメさですね」

「新しいことを教わると、すぐに試してみたくなるんですよね。事務所からも、身体づくりのためになるべくバランスよく食べろって言われてるから、一石二鳥。先生は料理します？」

「料理……ほぼしないな。たまにインスタントラーメンを作って、鍋《なべ》ごと食べたりする程度かな」

「おー、ワイルド。ギャップ萌え」

炒め物も味玉も好みの味付けでとてもおいしかった。座り心地のいい椅子で手料理をご馳走《ちそう》になって、何ということもない話をしているうちに、どんどん和《なご》んでしまう。

ヤバい。おかしな人と思われて、距離を置いてもらう予定だったのに、すっかり打ち解けあっている。

ここは漆黒《しっこく》の帆布チェアにハイボールでもぶちまけてみるか。それともバッテン箸《ばし》で味玉をつけ汁もろとも毛足の長いラグの上に転がすとか、クチャラーを発動するとか。

いや、そもそも、どうして知らない人のおにぎりも食べられるなんて宣言してしまったのだろう。手作りは絶対無理だと偏屈《へんくつ》な態度をとるべき場面だったのに、あまりにもおいしくてすっかり平らげてしまったじゃないか。

「先生、ビールとかワインの方がよかったら言ってくださいね」

「いえいえ、ハイボール大好きです。ていうか、同い年なのに先生って呼ばれるの、なんか気恥ずかしいので、敬称略でお願いします」

初対面のときから気になり続けたことを言ってみると、鼓太郎はパッと目を輝かせた。

「え、いいんですか？　じゃあ晴樹も俺のことは鼓太郎って呼んでよ」

夏川さん、程度のことを想定して言ったのに、いきなりの呼び捨てとタメ口に不意を突かれて、晴樹はハイボールにむせ返った。

「いや、俺はあまり人を名前呼びしたことないので」

「そうなんですか？　誰とでもすぐ打ち解けそうなタイプに見えるのに」

だってそう演じているから。

鼓太郎は人懐こい笑みを浮かべて言った。

「じゃあ、俺が初めての男ですね」

人気俳優の口から発されたトンデモ台詞に目を剝《む》いていると、鼓太郎は何度か瞬《まばた》きしてから噴き出した。

「あ、すみません、言い方おかしいな。『晴樹が名前を呼び捨てにする初めての男』って言いたかっただけです」

なんだろう、このあざと天然。本人はまったく狙《ねら》ってなさそうだが、緩急《かんきゅう》自在のキャラ変に、どんどん深みにはまっていく。

晴樹は椅子から立ち上がった。

「そろそろ失礼しようかな」

「え、そんな急に？　まだ一時間も経《た》ってないけど」

「でも、三島さ……くんも忙しいだろうし」

敬称をやめてくれとこちらからお願いした手前、せめてものパフォーマンスで「さん」から「くん」に変えてみる。

「忙しくない日だから、誘ったんです。もう一杯くらい飲もうよ」

晴樹を着席させようと、鼓太郎が両肩に手を添えてくる。そのボディタッチに心拍数が急上昇して、晴樹は飛び退《の》くように椅子に尻もちをついた。

いやいやいやいや、動揺しすぎだろ、俺。

心の中で自分にツッコミを入れる晴樹を、鼓太郎が驚いたように見おろしてくる。

「ごめん、もしかして静電気パチってした？」

そうだと言っておけば波風は立たないが、ここはむしろ波風を立てねばと意気込む。

元々ひそかにファンではあったが、こうしてプライベートで会ったら、とんでもない蟻地獄《ありじごく》な手ごたえ。こんな天然で人好きのするイケメンを好きにならないはずがない。そして、そんな事態は絶対に避けたい。

「俺ね、実はゲイなんだ」

あまりに唐突だなと思いながら、晴樹は鼓太郎を見あげて言った。

「ゲイ？」

鼓太郎はしばし言葉の意味を考えるように小首をかしげ、それから「ああ」と納得したように晴樹を指さし、それから自分を指さした。その仕草に、晴樹は「いやいやいやいや」と慌てて首を横に振った。

「恋愛対象は男だけど、三島くんは別にタイプじゃなくて」

嘘も方便というやつだ。

「え、ひどくない？」

天然男子は、まるで自分が仲間外れにされたように憤慨《ふんがい》してみせる。

「いや、逆にタイプとか言ったらセクハラでしょ？」

晴樹は笑いながら、余裕の口調を装う。

「タイプじゃないから、別に性指向なんて打ち明けずに黙っておけばいいのかもしれないけど、こういうのって、いずれバレるでしょ？　ある程度仲良くなってから露呈《ろてい》して、ドン引きされるのはやだなって思って」

あたかもそういう経験があるかのように、遠い目で語ってみせる。鼓太郎は神妙な顔で聞いている。男が恋愛対象なうえ、なんとなく重そうな過去の演出。大概《たいがい》誰でも怯《ひる》むだろう。

「それに、タイプじゃなくても、三島くんみたいなきれいな人を前にしたら、間違いがないとも言い切れないし。俺、酒弱いから、これ以上飲んだら前後不覚になって、三島くんのことを押し倒したりするかも」

ほら、引いただろ？　家にあげたことも後悔した？

「それって……」

鼓太郎は生真面目《きまじめ》な顔で言った。

「さっき俺が言ったやつの反対のパターン？」

「え……？」

「晴樹が俺の初めての男になっちゃうやつ？」

「は……」

「わ、めっちゃトンチきいてない？　はじめての男大喜利！」

ツボにハマったらしく、鼓太郎は長身を折り曲げて笑い転げている。

困った天然イケメンめ。全然通じてないじゃないか。ここはさらに嫌われに行かなくてはダメなのか。

次の一手を打とうとしたところで、鼓太郎はパッと顔をあげた。

「今日、迷惑でしたよね？」

晴樹は驚いて次の一手を中断した。通じていないと思ったら、実はちゃんと気付かれてる？

晴樹の表情を見て、鼓太郎は鼻の頭をかいた。

「なんとなーくそうなのかなって思ってはいたけど」

鼓太郎はすとんとスツールに腰をおろし、ちょっと首をかしげるようにして晴樹の方を見た。

「芸能人が、テレビに出るようになったら、謎に知り合いや友達と称する人が増えたとかって話あるじゃないですか。あれって、逆もあるなって思ってて」

「……逆？」

「そう。逆に距離を置かれるパターン。住む世界が違うよね、とか、なんか変わったよね、とか言われて。芸能人とかいう人種とはつきあいたくないなって思う人、いるんですよね。芸能人ってみんな普通に大麻《たいま》とかやってるんでしょ？　みたく言われたこともあるし」

鼓太郎は眉尻《まゆじり》を下げて、晴樹の顔を見た。

「だから晴樹が、ちょっとあんまり俺と親しくなりたくないなって思うのも、しょうがないなって」

そんな虐《しいた》げられた犬みたいな瞳で見られたら、逆に申し訳なくなってしまう。

「いやいや、そんなこと思ってないし」

「無理しなくていいです」

「無理じゃないから！」

鼓太郎の方から疎《うと》ましく思って遠ざけてくれたらなと思っていたが、逆のパターンはなんだか困る。そんな傷つけ方はしたくないし、おこがましすぎる。

「違うんだって。俺の態度に含むところがあったのは認めるけど、そういう理由じゃないから。ちょっと人生色々あって……」

「色々？」

「まあ、大したことじゃないんだけど」

親戚《しんせき》の家の肩身の狭《せま》さとか、継父との確執《かくしつ》とか、初恋相手に妻子がいたとか。

「あまり人と親しくなるのが、得意じゃないんだ」

鼓太郎は大きな瞳を何度もしばたたいた。

「マジで？　すごく社交的に見えるけど」

「よく言われるけど、真逆」

「広く浅く？」

「いや、狭く浅く」

「なんか新しいですね。じゃあ、その狭く浅い中に、俺も入れて」

「え」

「別に一人くらい増えても、狭さに影響ないでしょ？　そんで晴樹の仕事の邪魔になんない程度に、浅くつきあってもらえればいいので」

晴樹が何か言う前に「そもそも」と鼓太郎は続けた。

「俺も最近忙しくて、正直、晴樹が迷惑だって思うほど連絡したり会ったりってできないと思うので、どのみち深いつきあいなんて無理そうだし」

　そう言われてしまうと、親しくなるのを恐れている晴樹の方が、自意識過剰の思い上がりのように思えてくる。

「芸能人なんかと友達になりたくないとか、俺みたいな頭悪そうなやつとはつるみたくないとか、そういうことなら諦《あきら》めるしかないけど……」

「まさか。三島くんはすごく魅力的な人だと思うよ」

「タイプじゃないけどね？」

「まあ、そういう意味ではね」

　鼓太郎は、あははと笑う。

「だったら晴樹のいう『間違い』が起こる心配もなくて俺も安心だし、晴樹がゲイだってこととか、あんま人づきあいが好きじゃないことはもう俺に知られてるから、晴樹も俺の前で無理しないで気楽に過ごせるでしょ？」

「え」

「なんだよ、不満？　まだ何か秘密があるの？」

「いや……」

　秘密はある。きみは実はものすごく俺のタイプだから、近くにいるのは危険極まりないんだ。

　しかし秘密は、言えないからこそ秘密なのだ。

「じゃあ、狭く浅い友達記念に、もう一杯飲んでいってよ」

鼓太郎は晴樹のグラスを手に、鼻歌交じりでおかわりを作りに行った。

4

「めっちゃ塾講師ロス・インディオス&シルヴィアなんだけどー」

椅子に座って読書していた鼓太郎《こたろう》が、突然ラグに転がり下りて、駄々をこねるように長い脚をバタバタさせ始めた。

「ちょっと何言ってるかわかんない」

晴樹《はるき》がつっこむと、

「え、ロス・インディオス&シルヴィア、知らないの？　うちのじいちゃんとばあちゃんがしょっちゅうカラオケでデュエットしてるよ」

「いやいや、それは知ってるけど」

「ロス・インディオスのロスと、塾講師ロスのロスを掛け合わせた高度なダジャレだけど」

「高度かどうかはともかく、それもわかったけど、なんで今さらロス？　撮影はもう四ヵ月も前に終わってるし、放送だって一ヵ月以上前に終わってるし？」

「一読者としてだよ。もうこれ読むの三周目だけど、これで終わりなんてロス・インディオスすぎるでしょ！　早く続き書いてよ！」

「俺の一存で続けられるものでもないし」

「じゃあ俺が編集部にファンレター百通送ればいい？」

忙しくて深いつきあいなど無理だと言った割に、鼓太郎からは頻繁《ひんぱん》に誘いが来るようになった。

とにかく誘い文句が上手《うま》い。会えるかどうかではなく、会うこと前提で話を進めてくるので、断れない。

ダメだダメだと思いつつも、つい楽しくて、晴樹は誘われるまま度々《たびたび》鼓太郎の部屋に足を運んでしまっていた。ときには鼓太郎が晴樹の部屋に遊びに来ることもある。

いやべつにダメではないのかな。だって単なる友達。晴樹の方からおかしな感情を抱《いだ》かなければ、あるいは抱いたとしてもバレないように封じ込めれば、なんの問題もないわけで。

晴樹の心の中の問題はともかく、鼓太郎は実につきあいやすい相手だった。

人気芸能人だと身構えたのは最初だけ。飾りも気取りもなく、天然で無邪気で、一緒にいてとにかく疲れない。

非常に饒舌《じょうぜつ》かと思えば、台本を読み始めると急に無口になり、一時間くらいたってからハッと我に返った様子で、「あ、ごめん、晴樹がいること忘れてた」などということがあった。

相手がそんなふうだから、晴樹も気負わず、鼓太郎の部屋でゲラの校正をしたり、読書をしたりと、気ままな時間を過ごした。

今日も、お気に入りのロッキングチェアで、タブレットに文芸誌の筆記インタビューを入力していた。

「一冊めから、もう一回読も」

「だったらドラマ版を観ようよ」

「自分の演技を観られるなんて、恥ずかしいからヤダ」

「それを言うなら、目の前で自分の本を読まれるのも結構恥ずかしいんだけど」

「ドラマは恥ずかしくないの？」

「ドラマはもう、自分の小説とは完全に別物として観てるから」

「別物ってことはさ、やっぱ俺の新藤《しんどう》は晴樹のイメージとは違ってた？　前にも、思いもよらない演技だったって言ってたよね？」

鼓太郎はラグを転がって晴樹のそばまでくると、心配そうに上目遣《うわめづか》いに訊《たず》ねてくる。

「いやいや、だからいい意味で、だよ」

晴樹はタブレットから視線を外して鼓太郎を見下ろした。

じっとこちらを見あげてくる整った顔を見て、あ、三島《みしま》鼓太郎だ、と思う。すっかり打ち解けてこんな時間を過ごしているのに、ふとした瞬間に、そうだ、あの三島鼓太郎なんだった、と我に返り、そのたびに熱い血液が体内を勢いよく循環《じゅんかん》するのを意識する。

妙に馬が合って、もうずっとこうして仲良く過ごしてきたように思えたり、かと思えば、不思議の国に迷い込んだような感覚に陥《おちい》ったり。

三島鼓太郎の部屋でくつろぐ自分。世界は完全にバグってる。

「いい意味？」

「俺では思いつかなかったような表情とか仕草で、新藤先生が本当に存在するみたいに見せてくれて、だからドラマを観るのは、恥ずかしいよりすごく楽しい」

「ホントに？　俺、褒《ほ》められてる？」

お遊戯会《ゆうぎかい》で生まれて初めて褒められた園児みたいに嬉しそうな顔をするので、思わず笑ってしまう。

「俺なんかが言うまでもなく、三島くん、めちゃくちゃ世間の評価高いでしょ。憑依型《ひょういがた》とかカメレオン俳優とかさ」

新藤役の評判も、上々だった。

鼓太郎は形のいい唇を尖《とが》らせる。

「カメレオン俳優って意味わかんないよね。だって俳優ってその役になりきって演じるのが仕事でしょ？」

「言われてみれば確かに……。でもほら、何を演じても素《す》が出る俳優さんもいるし」

「むしろそっちの方がかっこいいなって思う。俺はまだど素人《しろうと》だから、どうしても演じようとしちゃうけど」

そう言って、鼓太郎はローテーブルの上から台本を引き寄せた。

「じゃあさ、全然違うことしよう。昨日もらった台本の台詞《セリフ》合わせにつきあって」

「いいけど、演技なんてできないよ？」

「棒読みでいいよ」

鼓太郎は台本を手渡してきた。

「どんな話？」

「刑事ドラマ。晴樹は、徳田雄一《とくだゆういち》さん演じる俺のバディ役ね」

髭《ひげ》が似合う四十代のイケメン俳優だ。

「徳田さんが相棒なんだ。渋いね」

「好みのタイプ？」

鼓太郎にさらっと訊《き》かれて、晴樹は視線を台本から鼓太郎に移した。

なりゆきでゲイだと打ち明けて以来、鼓太郎がその件に触れてきたのはこれが初めてだった。

鼓太郎とはまったくタイプの違う徳田の顔を頭の中に思い浮かべ、晴樹は微笑《ほほえ》んでみせた。

「そうだね、割と」

「渋好みだなぁ」

軽く笑って、

「じゃあ十三ページの冒頭からね」

鼓太郎は晴樹の横の床に正座して、読み合わせを促《うなが》してきた。

「そこだと台本見づらくない？」

「俺はもう覚えちゃってるから平気だよ」

なんでもないことのように言われて、晴樹は鼓太郎の顔を二度見した。

「え、全部？　一晩で？」

「一晩っていうか、一回読んだらだいたい覚える」

半信半疑で読み合わせをしてみると、鼓太郎は本当に全部覚えていた。時々漢字の読みを間違えて覚えているところは愛嬌《あいきょう》があったが、それ以外は一字一句完璧《かんぺき》だった。三島鼓太郎と芝居の練習をするというレアな体験よりも、その神がかった記憶力に圧倒される。

「天才？　神？」

「普通だよ」

「普通じゃないよ。そんな記憶力があったら、学校の成績とかも相当よかったんじゃない？」

暗記もので苦労した晴樹が羨望《せんぼう》をこめて言うと、鼓太郎は芝居がかって肩を竦《すく》めた。

「全然。興味ないことって、なんであんなに頭に入らないんだろう」

鼓太郎は何かを思い出した様子で、くすっと笑った。

「古い友達からも、クラス三大バカの一人だったおまえが、医者とか弁護士役をやってペラペラ台詞喋《しゃべ》ってるのを見ると驚くって言われる。体育もかったるいとかいって教室でサボってたりしたから、よくあんなハードなアクションシーンをサボらずにやってるなってからかわれたり」

「確かに、三島くん、体当たりのアクションシーン多いよね。俳優さんって、見た目の華《はな》やかさ以上の重労働で、案外大変だよね」

「その友達にも大変な仕事だよなって言われたけど、俺はそう感じたことがなくて」

「そうなの？」

「いや、もちろん、キツいとか、寒い暑いとか、悔《くや》しいとか、その場その場で感じることはあるけど、全体的に見て、大変な仕事だなぁみたいな感覚はないなっていう」

「なるほど」

「逆にね、友達は公務員で、九時五時の楽な仕事だよなんて謙遜《けんそん》するんだけど、俺には絶対できないハードな仕事だと思う。毎日同じ時間に出勤してデスクワークなんて、すごい大変なことでしょ？　そう言ったら、バカにしてんのかって言われたけど、全然そうじゃなくてさ」

口を尖らせる鼓太郎に、「わかるよ」と頷いてみせた。

「結局、大変か大変じゃないかっていうのは、向いてるか向いてないかだよね。人からはどんなに大変そうに見える職業でも、資質があってそれが好きな人には、全然大変じゃないし、逆もまた然《しか》り」

「そうそう！　それが言いたかった！　さすが作家だね」

「なんでだよ。三島くんが言ったことを繰り返しただけだろ」

「全然違うよ。さすが言葉の魔術師」

「勝手に二つ名をつけないで」

「晴樹にとっては、小説を書くことがそれだったってことだよね」

無邪気に言われて、意表を突かれた形になる。

作家が天職だとは考えたことがなかった。

「いや、俺はなんとなくなりゆきでやってるだけっていうか……」

「どんななりゆき？」

普段はあまり立ち入ったことを訊ねてこない鼓太郎だが、話の流れでそう訊かれるのは自然なことだった。

晴樹はなるべく簡潔な言葉を探して口にした。

「中学生が親の目を盗んで収入を得る手段として、消去法で選んだって感じ？」

鼓太郎はきれいな二重《ふたえ》の目を真ん丸に見開いた。

「なにそれ。色々ツッコミどころ満載なんだけど。ていうか前に読んだ夏川先生のインタビューには、昔から物語を作ることに興味があって、中学生のときに友達から借りたラノベを読んで心動かされたって」

「うん、これなら俺でも一山当てられるかもって心動かされて」

言ってしまってから、そういえば鼓太郎はデビュー作からの愛読者だと言ってくれていたことを思い出した。

「しまった。夢のない話をしてごめん。ええと、子供のころから作家を夢見てて、大好きなラノベに影響されて……」

鼓太郎が噴き出した。

「さっきの台詞合わせより棒読みになってる」

晴樹は苦笑いを返した。

「ごめん、つい夢のない本音を」

「全然。逆にすごくない？　その理由で小説を書き始めるって。俺だったら新聞配達とか、身体で稼《かせ》ぐ系のバイトを探したと思うけど」

「バイトなんて絶対許さないタイプの親だったから」

「わお。いいところの坊ちゃん？　もしかして社長の息子？」

「いや、歯科医」

「あ。やっぱいいとこの子だった。でもさ、そこで小説書いてみようっていう発想は普通なくない？」

「逆にその状況だったら、それくらいしか手段がなくないか？　とりあえず小説なら誰でも書けるし」

鼓太郎は呆《あき》れたような顔をする。

「書けないよ」

「書けるって。みんな学校で散々作文とか書かされてるんだから」

「それ言ったら、俳優だって誰でもなれるじゃん。みんな幼稚園のお遊戯会でなにかしら演技の経験あるんだし」

「そういう話じゃないって」

「だったら、作家もそういう話じゃないじゃん」

一拍置いて、晴樹は噴き出した。

「言われてみれば、そうなのかな」

「そうだよ。しかも十年以上続けられてるんだもん、間違いなく天職でしょ」

確かに、この仕事をつらいとかやめたいとか思ったことはない。今まで意識して考えたことはなかったけれど、そういう意味ではとても向いているのかもしれない。

でも、天職が天賦《てんぷ》の才に恵まれた職業という意味なら、自分にはそんな才能はまったくない。ラノベを研究し尽くして小手先で書いたデビュー作から始まって、常《つね》に誰かや何かをモデルにしないと書けないことは、晴樹が誰にも言えずにいる秘密だ。

いや、過去に小山田《おやまだ》にだけは話したことがある。年上の小山田の慰《なぐさ》めに癒《いや》され、恋心に拍車がかかった当時を思い出すと、黒歴史すぎて死にたくなる。

いつの間にか、あのころの小山田と同じくらいの歳になっている。小山田はあんなに大人に見えたのに、実際にその歳になってみると、まるで大人という自覚が持てない。

十代の作家に一途に慕《した》われ頼られ、小山田はどんなふうに思っていたのだろう。同情からほだされ、恋愛ごっこにつきあいながらも、面倒くさいことになったなと思っていたのだろうか。

「晴樹？　どうかした？」

物思いにふけっていたら、鼓太郎に不思議そうに顔を覗き込まれて、晴樹は現実に引き戻された。

「いや、なんでもない」

「読み合わせになんかつきあわせたから、疲れちゃった？」

身軽に立ち上がると、鼓太郎は晴樹のうしろへ回って、肩を揉《も》み始《はじ》めた。

「うわ、ガッチガチ」

「職業病かな」

「なにか血行が良くなるメシでも作ろうか。ちょっと待ってて」

やさしくて面白《おもしろ》くて、魅力ではち切れそうな新しい友人。

ぐるぐる巡《めぐ》る血液の流れは、あたたかい大きな手で肩を揉まれて、血行が促されたせいばかりではない、と思う。

同じ轍《てつ》は踏まない。好きであればあるほど、知られたくはない。

あんなふうにわっと盛り上がってぽとっと落ちる、大量生産の線香花火みたいな恋はもう二度とごめんだ。

面倒くさいことは持ち込まない。

心地好《よ》い関係を壊すなんてありえない。

5

自室でハンギングチェアに揺られながら、晴樹《はるき》はスマホを覗き込んで、明日の行き先について思案していた。

明日は旧友二人と久しぶりに会う約束をしている。

高校時代の文芸部の仲間で、長身イケメンで面倒見のいい天田征矢《あまだまさや》は地元の学習塾で講師をしており、天パとメガネがトレードマークの雨宮理玖《あめみやりく》は同じ地元の市役所に勤めている。

二人は幼馴染みで、カップルでもある。

仕事柄《がら》、なかなか休みが合わない様子だが、生徒たちの受験時期が一区切りついた征矢が、理玖と休みを合わせて、東京に遊びにきている。今日はテーマパークに出かけているはずで、明日は晴樹が都内の名所を案内することになっていた。

典型的な観光名所がいいのか、それともちょっと洒落《しゃれ》た店に腰を据《す》えて、のんびり食事でも楽しむか。

あれこれ考えるのは、なかなか楽しい。

親の家で過ごした十代のころに戻りたいとは思わないけれど、高校生活自体は楽しかった。楽しい時間にはだいたいいつも征矢と理玖がいた。

心やさしく穏やかな征矢にはいつも癒《いや》され助けられたし、しかめっ面《つら》でなにかと征矢や晴樹に突っかかってくる理玖は、弟のようで可愛《かわい》かった。

二人の間に友情を超えた絆《きずな》が存在することには、知り合った当初から薄々気付いていた。

正直に言うと、理玖のことが少し羨《うらや》ましかった。別に征矢になにがしかの感情を抱《いだ》いていたわけではない。ただ、どんなわがままも不機嫌も受け入れてくれる相手がいるというのが、羨ましかったのだ。

やがて晴樹もそんな相手に出会った。いや、そんな相手だと錯覚《さっかく》したと言うべきか。

包容力という意味で、小山田《おやまだ》は征矢の比ではなかった。何といっても年上の社会人。経験値も経済力も学生とは比べ物にならない。そのうえ、担当という頼れる立場が、晴樹を余計勘違いさせた。

それまで誰にも甘えたことがなかった反動で、あのころの晴樹の小山田依存はひどかった。

自分がどれくらい大切にされているか知りたくて、わざと困らせるような言動をとって小山田を振り回し、些細《ささい》ないさかいから、あろうことか急ぎの仕事の連絡をスルーして、地元に帰ってしまったこともあった。

そんなことを急に思い出したのは、あのとき地元で征矢と理玖に会っている最中に、小山田から何度も連絡がきたからだ。

結局、地元の駅まで四時間もかけて小山田が車で迎えに来てくれて、仲直りをしたあと、ゲロ甘なセックスに酔《よ》いしれた。今となっては黒歴史以外のなにものでもない。

晴樹はいたたまれない思い出を脳内から追い払うべく、ハンギングチェアを激しく揺らしてみた。

リビングの中で大きな存在感を放つこのハンギングチェアは、鼓太郎《こたろう》の部屋の居心地のいい椅子にインスパイアされて買ったものだ。

届いたときには予想外の大きさに怯《ひる》んだものの、想像の何倍も座り心地よく癒されて、最近でいちばんのいい買い物だったと満足している。鼓太郎と知り合わなければ絶対に買わない類《たぐい》のものだったから、感謝感謝だ。

鼓太郎の人懐っこい顔を思い浮かべると、黒歴史に動揺していた脳内が爽《さわ》やかに澄み渡る。

つかず離れずの鼓太郎との交友はとても心地よく、順調だった。晴樹の本心は抜きにして、表面的にはあくまで友人であり、対等であり、あらゆる意味で健全な関係を、晴樹はかなり気に入っていた。

ここ一ヵ月ほど、鼓太郎はドラマの撮影《さつえい》で忙しくて会えていないが、ラインでは頻繁《ひんぱん》にやりとりしている。昨日もロケ先の海の写真が送られてきた。

思わず写真を見返していると、インターホンが鳴った。

これが小説やドラマだったら、まさに今写真を眺《なが》めていた相手が不意に訪ねてくるシーンだな、などと思いながら確かめに行くと、モニターに映《うつ》っていたのは、明日会うはずの理玖だった。

ロックを解除すると、理玖がメガネの奥の目をしきりと瞬《しばた》かせながら、所在なげに立っていた。

「……ごめん、急に来て」

「いいけど、今日は天田とテーマパークに行ったんじゃなかったのか？」

「知らないよ、あんなやつ」

社会人になってそれらしく大人びた顔も、ふくれっ面をすると十代の面影《おもかげ》がよぎる。

「ケンカでもしたか？　まああがれよ」

「おじゃまします。あ、これ手土産《てみやげ》」

テーマパークのクッキー缶と、コンビニの袋に入った缶チューハイを差し出しながら部屋にあがった理玖は、リビングのハンギングチェアを見て目を丸くした。

「わ、すげえ！　なにこれ夢の椅子じゃん！　座ってもいい？」

「どうぞ」

自分の重みでたわんだクッションを直して、理玖にすすめてやる。

籠状《かごじょう》の座席に腰をおろした理玖の顔からは仏頂面《ぶっちょうづら》が消え去っている。

「めっちゃ楽しい！　やっぱ稼《かせ》いでるやつは部屋もおしゃれだなぁ」

「いや、稼げてないから」

「またまた。ドラマ化もされるような人気作家じゃん。塾講師シリーズのドラマ、すごく面白《おもしろ》かったよ。三島《みしま》鼓太郎がめちゃくちゃはまり役で」

「みんなに言われる。三島鼓太郎さまさまだよ」

「いいよね、三島鼓太郎。あんなかっこいいのに、かわいげもあってさ。職場にもファン多いよ。あー、楽しいこれ」

ハンギングチェアでご機嫌の理玖と缶チューハイで乾杯して、ひとしきりドラマの話で盛り上がったあと、晴樹は「で？」と促《うなが》した。

「天田となにがあったの？」

理玖はまたスッと仏頂面に戻った。

「……征矢のやつ」

「なんだよ。旅行で変なテンションになって、過激なセックスでも挑まれたとか？」

「ゲスい冗談やめろよ」

床で胡坐《あぐら》をかいた晴樹の膝に、理玖が蹴りを入れてくる。

「じゃあなんだよ」

「パーク内で、征矢の教え子に会ったんだよ。今は都内の大学に通ってる子で、彼氏とデートに来たんだって」

「ほうほう」

「そしたら征矢が、俺の肩に手を回して、先生も今日はデートなんだ、って平然と」

征矢のおっとりとぶれない表情を思い浮かべて、晴樹は噴き出した。

「のろけかよ」

「笑いごとじゃないからな！　言う必要ある？　教え子にさ」

「ラブラブで結構なことじゃないか」

「俺の立場になってみろよ」

「雨宮の立場ねぇ」

晴樹の脳裏をよぎったのは、打ち合わせ中に小山田の友人に声をかけられた、例の一件だった。

完全に仕事とは無関係のデート中だったが、小山田は友人に晴樹を「担当作家」と紹介した。当然のことだと思っていた。そこで恋人だなんて言われても、晴樹の方が困惑しただろうから、理玖の気持ちはわからなくもない。

実際のところ、自分はただの遊び相手で、小山田は既婚者だと判明した瞬間だったわけだが。

「羨ましいね」

口をついて出たのはしかし、自分でも思いもよらないひとことだった。

理玖はメガネ越しに晴樹を睥睨《へいげい》してくる。

「ほら、やっぱり他人事《ひとごと》だと思ってる」

「いやいや、マジでさ、そんなに思われるなんて、羨ましいなって。ほら、恋愛の賞味期限は三年とかよく言うだろ？　それなのにおまえらって、人生とほぼ同じ長さを、ダレずにそんなイチャイチャしてさ」

「だからイチャイチャなんてしてないって。俺は怒ってんの」

「そんなことで怒って置き去りにしてくるなんて、天田が気の毒だわ」

「それだけじゃない。俺が、人前でああいうこと言うなって言ったら、征矢が、そんなことよりそろそろ入籍を真面目《まじめ》に考えて欲しいとか言い出して……」

晴樹は目を瞠った。

「入籍って……養子ってこと？　あいつ、ほんっとうに雨宮のこと大好きだな」

「そういう話じゃないってば」

ぷりぷり怒っている理玖を見て、晴樹は話の方向性を変えてみる。

「まあそうね、確かに、誰彼構わずカミングアウトされたら、たまったもんじゃないよな？」

「だろだろ？」

やっと賛同を得られたとばかりに、理玖がハンギングチェアから身を乗り出してくる。

「養子縁組って、届出先が雨宮の職場なわけでしょ？　天田はいいかもしれないけど、雨宮は職場でも相当いじられそうだな」

「だろだろだろ?」

「昔からそうだったけど、あいつの雨宮への執着ってすごいよな。てかさらにパワーアップしてない?」

「……かなぁ」

「重いし、面倒くさいよなぁ」

「べ……別にそこまでは言ってないけど」

「あんなウザくて面倒な男はやめて、そろそろほかに行ったら?」

「ちょっ、そんな言い方ないだろ。別にウザくないし、籍を入れることだって、俺を大事に思ってくれてるからだし」

「はいはい、のろけのろけ」

晴樹が笑って冷やかすと、理玖はしまったという顔になった。

そこでインターホンが鳴った。

「ほら、旦那のお迎えだぞ」

茶化しながら、応答するためにモニターの前まで行くと、映っていたのはなんと鼓太郎だった。

「どうしたの?」

『アポなしで驚かせようと思って。今ね、名古屋《なごや》からの帰り。お土産持ってきたんだけど、お邪魔してもいい？』

一瞬答えに詰まった晴樹に、鼓太郎は何か察したらしい。

『もしかしてお取り込み中？』

「いや、地元の友達が来てるだけ」

『あ、それはごめん。じゃあ出直すね』

あっさり引き返そうとする鼓太郎を「待って待って！」と引き留めた。一ヵ月ぶりに会う多忙な相手を、そう簡単に帰らせてたまるものか。

「寄っていってよ。信用のおける友達だから、心配ないし」

『でも、迷惑じゃない？』

晴樹は後ろを振り返り、ハンギングチェアを揺らしながらもの問いたげにこちらを見ている理玖に視線を送ってから、モニターに向き直った。

「いや、むしろ喜ぶと思うよ」

通話を終えてエントランスのロックを解除していると、理玖がこちらに寄ってきた。

「お客さん？　邪魔だったら、俺、帰るよ」

「邪魔じゃないよ」

晴樹が笑って返すと、理玖は前髪を直しながら上目遣いに晴樹を見た。

「なあ、俺のこと信用のおける友達って思ってくれてるの？」

「あたりまえだろ」

「夏川《なつかわ》って、有名人になっても田舎《いなか》の友達をないがしろにしなくて、いいやつだな」

「なんだよそれ」

軽く笑い飛ばしながら、こいつの目には俺はどんなふうに映っているのかなと思う。

お調子者で、都会で手広い人間関係の海をチャラチャラ泳ぐ流行作家？

実際のところ、友人と呼べる人間など、理玖と征矢くらいしかいないのだが。

そうこうするうちに玄関のインターホンが鳴らされ、晴樹はドアを開けに行った。

まだ薄ら寒い三月半ばの闇の中《なか》、黒いマウンテンパーカのフードを被《かぶ》っても隠し切れないイケメンが、全開の笑顔で立っていた。

「晴樹ー！　会いたかったー」

いきなりハグされて、内心ギャーっとなりつつも、「暑苦しいわ」と軽口を叩いてごまかす。

晴樹が抑え込んだ悲鳴が、背後から響き渡った。

「ぎゃーっ！　えっ？　なに？　三島鼓太郎？　さん？　え、うそ」

理玖がメガネの奥の目を見開いて、口をパクパクさせている。

「すみません、急にお邪魔しちゃって」

恐縮する鼓太郎に、理玖が「いえいえ」と顔の前で手を振る。

「こっちこそ、アポもなく急に来ちゃって」

「俺、大人気だな」

ドヤ顔をしてみせて、晴樹は鼓太郎に理玖を紹介する。

「高校の部活仲間の雨宮理玖。今ね、ちょうど塾講師のドラマの話してたんだ。三島くんのこと、すごいかっこよかったって言ってたよ」

「かっ……かっこよかったです！　ていうか、本物さらにかっこいいけど……」

語彙力《ごいりょく》を失う理玖を、フォローする。

「雨宮は今、もう一人の友達と一緒にこっちに遊びに来てて……」

そこまで言って、晴樹はふと名案を思い付いた。

「三島くん、記念に写真とかって平気？」

「全然平気」

「じゃあほら雨宮、そこ並んで」

動揺を隠しきれずにおたおたする理玖に、鼓太郎が慣れたしぐさで肩に手をのせた。

「こんな感じでいい？」

「いいね。あ、いっそ記念に姫抱っことかは？」

「ＯＫ」

鼓太郎は理玖の方に半身を向けると、いとも簡単にその身体を抱き上げた。

「うわぁあああ」

絶叫する理玖に、晴樹は「しー」と人差し指を立ててみせる。

「ここは田舎の一軒家じゃないんだから。ご近所さんから苦情来るだろ」

「ご、ごめん、だって……」

理玖はチラッと間近にある鼓太郎の顔に視線を送り、イケメンオーラが眩《まぶ》しすぎたという感じに顔を逸《そ》らす。

「ほら、理玖、ピース」

晴樹は二人の姿をスマホのカメラに収めた。

それにしても軽々と抱き上げるなと、ちょっと萌える。理玖だって確か175センチ弱はあるはずだ。それをスタイリッシュにひょいと持ち上げるとは。

「すみません、腰とか痛めませんでしたか?」

床に降ろされた理玖が、同じような心配をしている。

「いえいえ、ドラマでしょっちゅうこういうシーンあるんで、よく仲間内で遊び半分鍛《きた》えてます」

「そうなんだ。俳優さんって案外力仕事なんですね」

変なことに感心する理玖に、鼓太郎はにこにこと笑いかける。

「今みたいに、立ってる人を横抱きにするのは意外と簡単なんだけど、地べたで気を失ってる役の人とかを持ち上げるのは、最初はなかなか難しかったんですよね。でも、コツを掴んだらかっこよく持ち上げられるようになって。よかったら、やってみましょうか？」

笑顔で天然炸裂《さくれつ》の鼓太郎に、理玖が焦《あせ》ったように晴樹を振り返った。

「そっ、それじゃあ、ぜひ、夏川でお願いします」

「は？　なんで俺？」

「俺はもうやってもらったし」

「いやいや、俺のがデカいから無理だって」

「大して変わらないだろ」

二人で押し付け合っていると、鼓太郎が口を尖らせた。

「俺の抱っこは罰《ばつ》ゲーム？」

そのひとことで、はっと二人して我に返る。

「そんなわけないだろ。じゃあこの際、やってもらおうかな」

晴樹はおどけてカーペットに寝そべってみせる。

なんちゃってー、と起き上がってオチをつけようとしたら、鼓太郎が一瞬先に屈《かが》んで、晴樹の背中と膝の裏に両腕を差し込んできた。

そのままヒョイと抱き上げられて、思わず鼓太郎の首にしがみついてしまう。

顔の近さに、心臓が激しく暴れ出す。

「すごい、軽々！」

理玖の無邪気な拍手に、鼓太郎が笑う。

「と見せかけて、実は頭の血管切れるかと思った」

「あ、今月、締切のストレスで一キロ太ったのバレた？」

激しいドキドキを悟られないように、おちゃらけてみせる。

理玖はカーペットから晴樹のスマホを拾いあげて、お返しと言わんばかりに写真を撮《と》ってみせた。

「仕事から帰ってくるなり、こんなおふざけにつきあわせてごめんな」

余裕を取り繕《つくろ》いながら床に降ろしてもらい、顔の赤さに気付かれる前に理玖からスマホを受け取ると、理玖が見ている前で征矢とのトーク画面を開いて、理玖が姫抱っこされている写真を送信する。

「ちょっ、何してるんだよ」

送信を取り消そうとする理玖の手からスマホを遠ざけ、鼓太郎の背後に逃げ込みながら、『早く来ないと、姫を攫《さら》われるぞ』と送信する。

すぐに既読がついて、返信が来た。

『理玖、そこにいるの？』

鼓太郎の周りをくるくると追いかけっこしながら、イエスのスタンプを返す。

途端にインターホンが鳴って、モニターに精悍《せいかん》と柔和が絶妙なバランスで融合《ゆうごう》した征矢の顔が映った。

「おい、早いな」

『ホテルに連絡したら、戻ってないっていうから、夏川のところかなと思って』

「鍵《かぎ》開けるから、あがって」

インターホンを切って、鼓太郎を振り返る。

「なんかごめんね、落ち着かなくて」

「いえいえ。俺、やっぱり日を改めるよ」

「いや、俺が帰ります！」

理玖がボアのジャケットを拾いあげ、晴樹の方に向き直った。

「ごめん、ありがとう。なんか夏川と喋《しゃべ》ってたら、怒りもどこかにいっちゃった」

「そりゃよかった。明日までにちゃんと仲直りしろよ？　ギスギスした二人の間に挟《はさ》まれるのなんて嫌だからな」

「……わかった」

渋々という顔で頷いて、それから理玖は鼓太郎の方に向き直る。

「思いがけずお会い出来て感激です。初対面なのに変なことさせてすみませんでした」

「とんでもない。晴樹の友達は俺の友達だし。またの機会にぜひ、昔の晴樹の話とか聞かせてくださいね」

そんなやりとりをしているうちに、玄関のインターホンが鳴って、鍵を開けに向かう。

ドアの前で足を止めた理玖は、晴樹を振り返って、隣にいる鼓太郎に憚《はばか》るように声をひそめた。

「あのさ、さっきの話だけど……」

「さっき？」

「羨ましいなって言ったじゃん？　征矢の突拍子もない発言のこと」

「うん」

「それってさ……まさか晴樹、征矢のこと好きだったりしないよね？」

とんでもない妄想に、晴樹は一瞬固まったあと、盛大に噴き出した。

「どういう発想だよ」

理玖はきまり悪そうに唇を尖らせる。

「だって、征矢は俺にはもったいないような男だしさ。性別問わずみんなに好かれるし。それに、晴樹みたいな魅力的なやつが万が一ライバルだったら、俺なんて立場危ういし……」

晴樹は笑いながら、理玖の頭をぐしゃぐしゃとかきまわした。

「俺が羨ましいのは、おまえらのそういうとこだよ。こんだけ長く一緒にいながら、相手のモテ具合に不安になれたり、独占欲を微塵《みじん》も失ってなかったり」

晴樹はドアを開錠《かいじょう》すると、理玖をドアの外に押し出した。

いきなりよろけ出てきた理玖を、征矢が驚いたように抱き留める。

高校時代の面影《おもかげ》を残す理玖とは対照的に、征矢はすっかり落ち着きのあるアラサーの風格をたたえている。

「また明日ゆっくりな！」

手を振って、さっさと施錠し、振り返ると鼓太郎が「えー！」と不満げな声をあげた。

「なんだよ、もう一人の友達にも挨拶《あいさつ》したかったのに」

「俺は三島くんとゆっくりしたい」

あの二人のおのろけ仲直り劇場は、明日、事後報告で聞かせてもらえば十分だ、という意味で言ったのだが、鼓太郎は「え？」と虚をつかれたような顔をしたあと、パッと破顔した。

「俺も！　久しぶりだなー、こうして晴樹とゆっくり会うの」

鼓太郎と仲良くなってから、まだ半年も経《た》っていないのに、なんだか随分《ずいぶん》昔からの友人のような親近感があって、久々にこうして会って話せることがしみじみ嬉しい。

「ねえ、前来たときには、それ、なかったよね？」

ハンギングチェアを指さして、鼓太郎が言う。

「ああ、最近買ったんだ」

「めちゃくちゃいいね！　俺が乗っても平気かな」

「耐荷百二十キロって書いてあったから、余裕だよ」

「やったー」

鼓太郎は早速腰をおろしてゆらゆら揺れている。

「いいね、これ」

「いいでしょ？　本日大人気」

「でも、珍しいね。機能性重視の晴樹がこういうの買うって」

無機質な室内を見回して、鼓太郎が言う。

「三島くんの部屋の、座り心地のいい椅子に影響された」

「さすがの俺も、これは思いつかなかったな。バナナみたいに吊《つ》るされて、楽しいね。あ、そうだ、お土産！」

名古屋のお土産をあれこれ並べて、ひとしきりロケの話で盛り上がる。

ときめくのにくつろぐ。これに似た感覚を、前にも一度味わったことがある。

小山田と過ごした日々に。

もやもやした感情が湧いてきて、晴樹は「コーヒー淹《い》れるね」といったんその場から離れた。

これはただ居心地のいい友人づきあいであって、過去の恋愛とごっちゃにするなんて馬鹿げている。

そもそも、お姫様抱っこなんかしやがるから。

さっきの浮遊感と、鼓太郎の体温を思い出して、晴樹は自分の頰をぺちっと叩いた。

余計なことを思い出すな。あんなのただのおふざけだろ。

いずれ陳腐な終焉《しゅうえん》を迎える恋愛など、まったく望んでいない。今のこの心地いい関係を、少しでも長く楽しみたいだけのこと。

コーヒーを淹れて心を鎮《しず》め、リビングに戻ると、晴樹は山のような土産に目を落とした。

「それにしてもすごい量だね」

「つい買い過ぎた。明日またさっきの友達と会うんでしょ？　お裾分《すそわ》けしてきて」

「ありがとう。今どれかいただいてもいい？」

コーヒーを飲みながら、あれこれ手に取って、パッケージの説明文を読んでいると、鼓太郎がローテーブルに身を乗り出してきた。

「ねえ、ちょっと聞こえちゃったんだけど……」

「ん？」

「さっき迎えに来た友達、晴樹の好きな人？」

晴樹は盛大にコーヒーにむせ返った。

どうやら理玖がおかしなことを囁いたのが、鼓太郎にも聞こえていたようだ。

「まさか！」

「ホントに？　遠方の友達なのに慌ただしく追い返しちゃったから、なにかあるのかと思った」

とんだ誤解に、笑ってしまう。

「イレギュラーで二人のちょっとした諍《いさか》いに巻き込まれただけで、本当は明日ゆっくり三人で遊ぶ予定なんだよ」

「そうなんだ。どこ行くの？」

「んー、考え中なんだけど、どこかおすすめの場所ある？」

「なに系がいい？　遊び倒す一日か、おいしいものを食べるか、観光名所を楽しむか」

鼓太郎はハンギングチェアからおりて晴樹の隣に座り、「俺も明日休みなら、一緒に行きたかったなぁ」などと言いながら、ワクワクした様子で様々な案をプレゼンしてくれた。

お互いに行ったことのある場所の画像を見て盛り上がり、知らない穴場を教えてもらって感心し、明日は無理でもいつか行ってみたいなどと、晴樹もすっかり楽しい気分になっていった。

「俺さ、上京してきて最初に感じたのは、都内って坂が多いなってこと。東京ってもっと真っ平らで、殺伐《さつばつ》としたところかと思ってたのに、緑も結構多くて」

相槌《あいづち》を求めて横を向くと、鼓太郎が思いがけないほど近くでじっと晴樹のことを見ていた。

思わずドキッとしてしまい、それを誤魔化すためにおちゃらける。

「なになに、おのぼりさん丸出しって？」

「いや、俺だって中学までは岩手《いわて》だったし」

「そうなんだ。岩手ってどんなところ？」

「いいところ」

なんとなく心ここにあらずな適当な答えが返ってくる。

「なに？　どうしたの？　もしかして疲れちゃった？」

無理もない。地方ロケ帰りに直接寄ってくれたのだ。

「ごめん、つい楽しくて、関係ないことにつきあわせちゃって。明日も仕事なら、そろそろ帰って休んだ方がいいよね」

「久々に会えたのに、もう追い返そうとしてる？」

鼓太郎が口を尖らせて不満を呈《てい》するので、晴樹は「まさか」と笑った。

晴樹だって久々に楽しくて、まだお開きにしたくない。

「でも疲れてるだろ？　なんならちょっとごろっとしていけば？　なにか掛けるものとってくるよ」

立ち上がろうとしたら、腕を引っ張られた。

「ん？」

振り返ると、思いのほか真面目《まじめ》な顔で、鼓太郎がこちらを見あげていた。

「晴樹」

「なに？」

「好きなんだけど」

「なにが？」

「晴樹のことが。友達として、とかじゃなくて」

突然の爆弾に、頭が麻痺《まひ》して、何を言われているのかわからなくなる。

見つめ合ううちに、摑まれた腕からじわじわ体温が伝わってきて、晴樹は思わず鼓太郎の手を振り払っていた。

行き場をなくした手を空に浮かせたまま、鼓太郎が困ったように眉根を寄せる。

「……ごめん。今こんなこと言うつもりじゃなかったんだけど、晴樹と友達のやりとりを見てたら、なんか焦って。悠長に構えてたら、誰かに攫われるんじゃないかって」

頭の中がどんどん膨張《ぼうちょう》していくようで、うまく思考がまとまらない。

晴樹こそ、鼓太郎のことが好きだ。だが、恋愛的な意味合いにおいてはあくまで一方的な秘めた感情であって、鼓太郎と恋仲になりたいなんて微塵も思っていなかった。

「……三島くん、ゲイだったの？」

「違うと思う。同性を好きになったのは初めて」

客観的に見たら、これは夢のようなシチュエーションに違いない。

好みのタイプだと思っていた憧れの俳優が、初めて男を好きになったと告白してくる。これ以上の夢物語があるだろうか？

でも、晴樹にとっては悪夢だった。

恋愛は、晴樹にとってトラウマだった。恥ずかしくのぼせ上がって、結局は道化に終わった最初の恋の記憶は、常《つね》に晴樹を苦しめてきた。

鼓太郎とはこの先もずっといい友達でいられると思っていたのに。

恋なんていういたたまれないものを、自分たちの関係に持ち込んで欲しくなかった。

「……タイプじゃないって、言ったよね？」

自分の声が、ゾッとするほど冷ややかに響いた。

鼓太郎はひどく傷ついた顔をした。

「そうだけど、晴樹とは気も合うし、一緒にいて落ち着くし、もしかして晴樹も同じ気持ちになってくれてたらいいなって、ちょっとだけ期待した」

「悪いけど、三島くんのことは友達としか思えない」

晴樹がきっぱり言うと、鼓太郎は宙に浮いていた手でもう一度晴樹の腕を掴んできた。

「可能性は、一ミリもない？」

立ち上がった鼓太郎が距離を詰めてくる。

晴樹は詰められた分をあとずさった。

もし、なし崩しに関係を迫《せま》られたら、拒《こば》めないと思った。

だって好きなんだから。

でも、もうあんな思いはしたくなかった。

結実し、熟した恋が、腐り果てていくのを体感するのは、もうたくさんだった。

晴樹は鼓太郎の手を素気無《すげな》く振り払った。

「ないよ、一ミリも。天下の三島鼓太郎ともあろうものが、見苦しいこと言わないでよ」

嵐のような内面を押し隠して、笑ってみせる。

「今日はもうお開きにしよう。お土産、ありがとう」

「……ごめん、嫌な思いさせて」

「とんでもない。きっと疲れてて、変な思考に陥《おちい》っただけで、一晩寝たら告白なんてバカなことしたって笑っちゃうよ」

「そんなことない」

「そんなことあるって。帰ってゆっくり休みなよ」

有無を言わさず玄関まで送り、笑顔で手を振って背中を見届け、ドアを閉めた。

施錠したとたん、頭の中でガンガンと激しい鼓動が鳴り響いた。

「……びっくりした」

まさかこんなことになるなんて思わなかった。

『好きなんだけど』

鼓太郎の告白と、摑まれた手から伝わってきた熱を思い出して、晴樹は心臓を押さえた。

狂おしいほどのときめきと、戸惑いと、嫌悪感。

時間を巻き戻して、鼓太郎が自分に恋愛感情など抱かない世界線でやり直したい。

でも、どう考えたってもう、なかったことにはできない。

「なんであんなこと言うんだよ……」

楽しかった時間が、思い出したくない時間に変貌《へんぼう》していくようで、晴樹は頭を抱《かか》えてその場にへたり込んだ。

6

編集部の打ち合わせスペースのソファで、一人スマホを見つめて、夏川晴樹《なつかわはるき》は小さなため息をついた。

鼓太郎《こたろう》に告白されてから一ヵ月。目に見えて距離ができてしまった。この一週間はラインのやりとりすらしていない。

あの告白の翌日は、予定通り理玖《りく》と征矢《まさや》と一日を過ごした。地元に帰る二人を夜行バスの発着場で見送っていたら、鼓太郎からラインが来た。

『昨日はごめん。あの件は忘れて、今まで通り友達でいてもらえたら嬉しいです』

晴樹も即座に、

「もちろん。またご飯でもいこう」

と、陽気なスタンプを添えて返信した。

表面上は元通りを取り繕《つくろ》いながら、画面ごしにもどこかぎこちなさが漂《ただよ》った。

しばらくは、以前より頻度《ひんど》は減ったものの数日おきに差しさわりのないラインのやりとりがあったが、それも徐々に間遠になり、この一週間は一切音沙汰《おとさた》がない。

好きだと言われたときには、まるで被害者のような気持ちになった。

自分は好意に蓋《ふた》をしていい関係を構築していたのに、なんでそっちから台無しにするんだよ？　と。

だが、日を置いて冷静になってみると、随分《ずいぶん》と失礼なことをしたと後悔に襲われた。

いったい自分なんかのどこがいいのか知らないが、とにかく鼓太郎は好きだといってくれたのだ。それなのに、あんなひどい態度を取ってしまった。

「お待たせしました」

デザイナーを見送りに行っていた担当編集者の的場瑞恵《まとばみずえ》が、小走りに戻ってきた。

「素敵な本になりそうですね」

「的場さんのおかげです」

今日は新刊の装丁の打ち合わせで編集部に来ていた。ラノベ時代にｗｅｂ連載していた紙書籍未収録の短篇を、的場のところで一冊にまとめてもらえることになって、それにまつわる作業だった。

初出の出版社に確認を取るのは気が重く、晴樹は二の足を踏んでいたのだが、「事務連絡はすべて私が間に入りますから」という的場に説得されて、今に至る。

かつての担当編集者・小山田稔《おやまだみのる》は今も同じ部署にいるようで、『前の担当さん、快諾《かいだく》してくださいましたよ。夏川先生にくれぐれもよろしくっておっしゃってました』と言われたときには、なんとも言えない複雑な気持ちになった。

ともあれ、話はスムーズに進み、装丁の打ち合わせもつつがなく終わった。晴樹もデザイナーと一緒に解散しようとしたのだが、相談したいことがあるからと的場に引き留められたのだった。

向かいに座った的場は、にこにことテーブルから身を乗り出してきた。

「夏川先生、塾講師シリーズの続篇、書いてみませんか？」

晴樹は驚いて目をしばたたいた。

「続篇、ですか」

「ドラマ化の勢いで既刊も重版がかかったし、続きを期待する声も多く届いてます。好機ですしぜひぜひ」

「それはありがたいですね」

作家として、いい波が来ていることは素直に嬉しかった。しかし二つ返事で引き受けるにはためらいがある。

「ちょっと考えさせていただいてもいいですか？」

晴樹の返事が予想外だったようで、的場は首を傾《かし》げた。

「何か問題でも？」

「問題っていうか……」

「アイデアが出ませんか?」

実はアイデアは山ほどある。

ドラマを観てから、鼓太郎の演技に触発されて、あんなこともさせてみたい、こんな事件を書いてみたいというワクワク感に満ち溢《あふ》れていた。

しかし、それはゼロから生まれた純粋《じゅんすい》なアイデアではないといううしろめたさがあった。

とにかく自分は、モデルがいないと何も書けないいんだなと、逆につきつけられたような気がしている。

それになにより、そのアイデアの源《みなもと》とは、現在気まずい状態にある。

思えば、過去のweb連載の単行本化の話だって、ドラマに後押しされて既刊の紙書籍在庫に動きがあったからこそ舞い込んだオファーであり、つまりすべては鼓太郎のおかげなのだ。

それなのに、恩人にひどいことをしてしまった。

鼓太郎の気持ちに応《こた》えられない前提は変わらないが、それにしたってもう少し取るべき態度があったはずだ。

次に会ったら謝りたいけれど、このところの連絡の間遠さを思うと、もうこのまま疎遠《そえん》になってしまうのかもしれない。

それならそれで、お互いのためにはいいことなのかも。

しかし、そう考えたらほっとするかと思いきや、なんとも言えない寂寥感《せきりょうかん》が冬の夕暮れみたいにひたひたと胸に押し寄せてきた。

半年ほどの短い時間だったが、鼓太郎との交流はとても楽しかった。お互いの家でダラダラごろごろ、他愛《たわい》もない話をして過ごしたり、意外とまめな鼓太郎の手料理をご馳走《ちそう》になったり。もう何年も、誰かとそんな親密なつきあいをしたことがなくて、知らぬうちにカサついていた心に、鼓太郎の存在は大きな潤《うるお》いになっていた。

「先生？　夏川先生？　もしもーし！」

的場に呼びかけられて、晴樹ははっと我に返った。

「どうしたんですか？　ぼーっとして」

「あ、いや、なんでもないです」

「いつも明るい夏川先生がぼんやりしちゃうなんて、珍しいですね。お疲れかしら」

晴樹は口角をあげて、芝居がかって肩を竦《すく》めてみせた。

「俺ごときがお疲れだったら、的場さんなんて百回過労死してるでしょ」

「いえいえ、私は脂肪《しぼう》という名のスタミナをため込んでますから」

ころころ笑う的場に合わせて、晴樹もにこやかに微笑《ほほえ》んでみせる。

いつも明るい夏川晴樹。

それは、もうずっと被《かぶ》り続《つづ》けている着ぐるみみたいなもの。

本当の自分は、いつまでも生《お》い立《た》ちを引きずり続ける陰キャなのに。

「アイデアにお悩みなら、いくらでも相談にのらせてもらいますよ。塾講師シリーズの続篇は、編集長も強く希望していることですし」

「おー、編集長まで。百年に一度の運気が回ってきたかな」

いつもの自分を演じておちゃらけてみせていると、仕切りの向こう側の編集部のフロアからちょっとしたざわめきが伝わってきた。

なにごとかと、的場と二人でパーテーションの方に目をやると、端から鼓太郎がこちらを覗いている。

晴樹と目が合うと、鼓太郎は踵《きびす》を返して立ち去ろうとした。

すかさず的場が引き留める。

「三島さん！　今日は上のファッション誌のフロアでインタビューだって伺《うかが》ってましたけど、遊びに来てくださったんですか？」

「いや、さっき文芸の編集長さんとすれ違って、晴……夏川先生が来てるって聞いたので、チラッと顔だけ覗き見していこうかなって」

「チラッとなんておっしゃらず、どうぞどうぞ」

的場が陽気な強引さで、鼓太郎を応援スペースに招き入れる。

「ドラマのご縁で、すっかり仲良しになったって聞きましたよ」

単なる友人づきあいに過ぎなかったころに、話の流れで的場に鼓太郎との交流を話したことがあるのだが、その後の展開を何も知らない的場の無邪気な発言に、今はひたすらばつの悪さを覚える。

「三島さんからも先生を説得してくださいよ」

「説得？」

「塾講師シリーズの続篇の執筆をお願いしてるんですけど、先生がいいお返事をくださらなくて」

鼓太郎は目を丸くして晴樹を見つめてきた。

「え、なんで？　俺のせい？」

ストレートに問いかけられて、晴樹は内心動揺する。

「いやいや、まさか」

的場の前で核心に触れるわけにもいかず、晴樹は作り笑いで否定した。

「あー、そういうプレッシャーですか？　確かに、今までの純粋な夏川ファンに加えて、これからはドラマファンも原作に流れ込んできますものね。そういう緊張はありますよね」

違う受け取り方をしたらしい的場が、納得顔でとりなしてくれる。

「そんなの気にしないで書いてよ。俺がドラマで演じたことは記憶から抹殺《まっさつ》していいから」

「いやいやいや」

「逆に、なにか俺が力になれることあったら言ってください。新藤《しんどう》のコスプレしてポーズとか取ろうか？　……いやマンガじゃなくて小説だから、俺がポーズとっても無意味か」

変なところで天然を炸裂《さくれつ》させる鼓太郎に、的場が目を輝かせてのっかっていく。

「無意味じゃないです！　すっごい有意義！　もう滾々《こんこん》とアイデア湧いちゃいますよね、先生？」

「いや、あの……」

「先生が湧かないなら、私が三島さんのコス見てアイデアを練りますよ！　もうすでに、想像だけで白飯三杯おかわりいけますから」

「白飯三杯って……。的場さん、面白《おもしろ》い人ですね」

あははと笑う鼓太郎に、的場は頬を染めて「とんでもない！」と顔の前で手を振る。

「私が面白かったら、三島さんなんてＲ１に出られるレベルです」

「え、俺？　面白いこと言った覚えないけど」

「狙《ねら》ってないところが面白いんです」

「そうなのかなぁ」

小首をかしげる鼓太郎を見て、的場が言う。

「お二人が仲良くなったの、なんとなくわかります。似てますよね、雰囲気」

鼓太郎はきょとんとして「似てますか？」と訊き返す。

「ええ。お二人とも自分の才能に驕《おご》らず謙虚《けんきょ》で、飄々《ひょうひょう》として明るくて面白くて、情緒が安定してて、おしゃれさんで。似た者同士、相性良さそうです」

晴樹はこっそり口角を歪めた。鼓太郎は確かにその通りだが、晴樹はそんな評価からはかけ離れている。驕るもなにもそもそも才能なんてないし、情緒は不安定極まりないし、おしゃれなんてただのはりぼて。

強《し》いていうなら、晴樹がこんなふうにありたかったという姿を、ナチュラルに体現しているのが鼓太郎で、だから表面上は似て見えるのかもしれない。

よく見ればダイヤモンドとガラス玉くらい違う。

ふと視線を感じて顔をあげると、鼓太郎がじっとこちらを見ていた。

眉根《まゆね》を寄せて考え込んでいた晴樹の表情を誤解した様子で、ぱっと視線を逸《そ》らし、的場に微笑みかける。

「俺と似てるなんて言ったら、夏川先生が気を悪くしますよ」

どうやら、晴樹が不機嫌になっていると思ったようだ。

そうじゃない、と否定しようとしたけれど、どう続ければいいのかわからなくて、言葉に詰まる。

そんな晴樹を見て、鼓太郎が淋《さみ》しげに小さく微笑んだ。

……本当にそうなのかな。

今しがた自分が思ったことを、懐疑的に振り返る。

はりぼての自分に対して、鼓太郎は完璧《かんぺき》。そう思っていたけれど、いや、実際その通りかもしれないけれど、だからといって、保身のために傷つけていい理由にはならない。

社会的立場のある人気者が同性に告白するというのは、相当勇気がいることだと思う。

それに誠意をもって向き合わず、こうして誤解を招いて傷つけて、自分は何をやっているのだろう。

晴樹が言うべき言葉を探しているうちに、マネージャーが鼓太郎を呼びに来た。

「あ、ヤバい」

鼓太郎は茶目っ気のある笑みを浮かべて、席を立った。

パーテーションの向こうに出て行きかけて、ふと立ち止まって振り返る。

まっすぐな目で、晴樹を見て言った。

「新藤先生に俺のイメージがついちゃって書きにくくなっているなら、申し訳ないなって思います。でも、一ファンとして、すごく続きが読みたいです。ドラマで俺が演じたことは一回忘れて、続篇、書いてください」

鼓太郎は一礼すると、マネージャーに急《せ》き立《た》てられてともに出て行った。

「塾講師シリーズの盛り上がりは三島さんのおかげでもあるのに、本当に謙虚な人ですよねぇ」

立ち上がって背中を見送りながら、的場がほうっと感嘆のため息をついた。

鼓太郎に誤解させてしまったことが心苦しい。そして、敬語に戻ってしまった言葉遣いや、『一ファンとして』という言葉から、鼓太郎が距離を取ろうとしている気配を感じて、それを望んでいたはずなのに、ひどく胸が苦しくなる。

これでいいのだろうか。

もう絶対に、人を好きになって傷つくのはごめんだと思っていた。今も思っている。

でも、傷つかない分、あの無上の幸福感を覚えることも二度とないのだと思うと、なにかが違う気がした。

「あら、これ、三島さんの落とし物かしら」

的場がソファの上からキーケースを拾いあげた。見覚えのあるそれは、確かに鼓太郎のものだ。

「俺、届けてきますよ。まだその辺にいると思うから。続篇の件は、また改めてご連絡しますね」

晴樹はキーケースを摑んで、編集フロアを抜けて廊下に飛び出した。ちょうど鼓太郎とマネージャーを乗せたエレベーターのドアが閉まるのが見えた。

「待って！」

体当たりするように、ドアの隙間に身をこじ入れる。

鼓太郎とマネージャーが、目を丸くしてこちらを見ている。

挟《はさ》まった身体が、再び開いたドアに解放され、晴樹は苦笑いでメガネを直した。

「恥っず……。なにこのドラマのワンシーンばりのダイブ」

自らを軽く茶化しつつ、鼓太郎にキーケースを差し出した。

「これ、忘れ物」

それからマネージャーの方に向き直った。

「すみません、三島くんと五分だけ話をさせてもらってもいいですか？」

マネージャーは腕時計に視線を落とし、申し訳なさそうに言った。

「申し訳ありませんが、三分でお願いします」

「ありがとうございます！」

一旦《いったん》エレベーターから出て、鼓太郎を廊下の隅《すみ》へと促《うなが》した。

「話したいことがあるんだけど、ちょっと三分では無理だから、あとで時間もらえないかな」

鼓太郎は警戒心をあらわにした猫のような目で晴樹を見下ろしてきた。

「楽しい話？　しんどい話？」

「楽し……くはないかな」

誠意には誠意で向き合わなくてはいけないと思った。だから、どうして鼓太郎の告白を断ったのかを話したかった。その経緯《けいい》は、晴樹にとっては楽しい話とは言い難《がた》い。

「じゃあ聞きたくない」

鼓太郎は子供っぽく言って、手のひらで耳を押さえた。

「振ったのにつきまとうなとか、続篇を書きたくないのは俺の顔がチラつくからとか、そういう話で傷口に塩をすり込まれたら、俺、立ち直れない」

「いやいや、そうじゃないよ。そんなふうに思わせたことを謝りたい。この間はひどい態度をとって、本当にごめん。さっき、覗きにきてくれて嬉しかった」

鼓太郎は耳から手のひらを離し、疑り深そうな視線を向けてきた。

「……ホントに？」

「本当に」

「ストーカー野郎って思わなかった？」

「思わないよ。このところ連絡も途絶えてたから、思いがけず会えて、すごく嬉しかった」

鼓太郎は困ったように小さく微笑んだ。

「普通の友達の顔で、また色々連絡したり誘ったりしようかと思ったんだけど、嫌われたのにしつこくするのもアレかなって思って、違う攻め口をあれこれ考えてた」

「嫌ってなんかないよ」

「振ったじゃん」

「振ったっていうか……まあそうなんだけど」

「嫌いってことでしょ」

「違うって。好きだよ」

あ、言っちゃった。

驚いた顔をする鼓太郎の手から、キーケースが床に滑《すべ》り落《お》ちる。

「……それって、どういう意味で?」

晴樹はキーケースを拾って、鼓太郎の手の中に戻した。

「あらゆる意味で」

「あらゆるってつまり」

「すみません、時間です」

マネージャーの声が割って入ってきて、鼓太郎は「嘘だろ⁉」と頭を抱《かか》えた。

「今、それどころじゃないから」

「こっちこそ、それどころじゃないから。すみません、夏川先生」

申し訳なさそうに頭を下げるマネージャーに、「こちらこそすみません」と平身低頭晴樹も返した。

「時間ができたら、改めて会って続きを聞いて欲しい」

「じゃあ、今日の仕事終わったら連絡する!」

「今日は大阪泊《おおさか》だよ」

鼓太郎を引っ張りながらマネージャーが諭《さと》す。

「じゃあ明日！」

「明日は鹿児島《かごしま》ロケだから」

「とにかくっ、時間が出来次第連絡するから！」

エレベーターに消えていく鼓太郎を笑顔で見送り、ドアが閉まった途端、本当にこれでよかったのかと、エンドレスのぐるぐる感にまた引き戻されそうになる。

小山田と別れてから、もう一生恋愛などしないと強く思って生きてきた。

それはもう頑迷に思い続けてきて、まさかその気持ちが揺らぐ日が来るなんて、想像もしていなかった。

こんなこと。またどうせ、同じ後悔を繰り返すかもしれないのに。

俺って自分で思っていた以上に愚《おろ》かだったのかな。

いいや、俺だけじゃない。人間って総じて愚かな生き物なのかも。だって世の中、似たりよったりな陳腐な話で溢れている。

でも、自分を含めたそんな愚かな人間というものを、嫌いではないなと思った。

時間薬は偉大だ。それとも、決意を揺るがすほどの相手に出会ったことこそが偉大なのか？

そう思ったら、急になんだか小説を書きたくなった。

愚かな主人公が、もう立ち直れないというような失恋をしては、また新しい恋を繰り返し、とうとう運命の相手に出会う話、とか？

ついには自分自身までモデルにするのかと笑ってしまう。こんなでよく小説家なんてやってこられたよなぁ。

でも、薄っぺらな自分が、おかしくも愛おしかった。

次に鼓太郎に会ったとき、どんなふうに伝えようかな。

そんなことを考えながら、階下に降りて通りに出ると、街路樹の緑の色と匂いがいつもよりも濃く感じられて、自分が生きていることを急に強く意識した。

7

次に鼓太郎《こたろう》と会えたのは、編集部で鉢合《はちあ》わせた一週間後だった。

何度かラインのやりとりをして、結局外で食事をすることにした。お互いの家だと、なんとなく身構えて緊張してしまいそうな気がしたので。

鼓太郎がドラマのプロデューサーに教えてもらったというダイニングバーで食事をすることになったのだが、人気芸能人への配慮《はいりょ》で店側が個室に案内してくれた。密室での緊張を避けて外で会うことを選択した身としては、ありがたさ半分、困惑半分という状況になった。

しかも、久々に会った鼓太郎は、プライベートとは思えないラメ入りのダークスーツ姿で、芸能人オーラをムンムンと放ちまくっている。

「その服、どういう状況？」

オーダーを取ってウエイターが出て行ったところで、晴樹《はるき》は思わず訊《たず》ねた。

鼓太郎はネクタイの結び目を指先で整えながら、気まずそうに笑った。

「撮影が長引いて、待ち合わせに遅れそうだったから、衣装のまままきちゃった」

「言ってくれたら時間変更したのに。別に今日じゃなくてもよかったし」

晴樹が言うと、鼓太郎は勢い込んで言い返してきた。

「今日じゃなきゃ困るよ！　この一週間生殺しで、ホントに死ぬかと思ったし。それに、たまにはこんな芸能人みたいな格好で迫《せま》ったら、晴樹がちょっとはクラっときてくれるかもしれないじゃん？」

「いや、なんか格差すごくて帰りたくなった」

晴樹が自分の荷物に手を伸ばすふりをすると、

「うそ、待って！」

鼓太郎が大仰《おおぎょう》に焦《あせ》るそぶりをみせるから思わず笑ってしまい、緊張が少し和《やわ》らいだ。

忙しそうだったこの一週間の仕事の様子など訊《き》いている間に、オーダーしたドリンクやフードが運ばれてきて、ひとしきりの雑談でほぐれた表情で鼓太郎が訊ねてきた。

「それで、この間の続きだけど、晴樹、俺のこと好きってホント？」

単刀直入に切り込まれて、うっかり顔が赤らんできそうなのをメガネを直すふりでごまかして、平静を装う。そういえばなんで自分はこういうとき常《つね》に平静を装おうとするのかなと思いながら。

「好きだよ。逆に三島《みしま》鼓太郎を嫌いなやつなんている？」

鼓太郎は眉間《みけん》に皺《しわ》を寄せた。

「好きってそういうやつ？」

「……いや、ごめん。こういうかっこつけ、悪い癖《くせ》だな」

この期《ご》に及んで、自分はわかってやっています、みたいな言い回しがウザいんだよとセルフツッコミを入れながら、ハイボールを喉に流し込んだ。

真摯《しんし》に向き合おうと思うものの、何からどう話せばいいのかわからなくて、アルコールの力を借りて自分の心の隙間をこじ開ける。

「塾講師シリーズは、元々三島くんをモデルにして書いた話なんだ」

好きか嫌いか、シンプルな回答を待ち構えていたであろう鼓太郎は、意表を突かれた顔になる。

「え？　どういうこと？　あれって何年も前に出た本だよね？」

「深夜ドラマに出てた三島くんのキャラクターに惹《ひ》かれて、きみをモデルにして書かせてもらった」

鼓太郎は目をしばたたいた。

「でも、実在の人物をモデルにするのは苦手って言ってなかった？」

「モデルがいないと書けないなんてダサいこと、知られたくないから、そういうことにしてた。まさかドラマ化して、本人が演じてくれるなんて思ってなかったから、本当にびっくりしたよ」

「えー！　そんなハッピーな奇跡、もっと早く教えてよ！　じゃあさ、俺がタイプじゃないっていうのも嘘？」

晴樹は開き直って肩を竦《すく》めてみせた。

「大嘘だよ。タイプど真ん中」

「なんだよ、なにもかも嘘ばっかりじゃんかよ。出会うやいなや両想いって話なのに、なんで嘘なんかつくんだよ」

「……きみを、必要以上に好きになりたくなかった」

鼓太郎は形のいい眉《まゆ》をひそめた。

「どういうこと？」

晴樹は言葉を探すように、フォークでブルスケッタの上のバジルをめくったりトマトをつついたりした。

「……何年か前に、恋愛関係で失敗をした。妻子のいる男と、そうとは知らずにつきあって、痛い目をみた」

改めてこうして概要《がいよう》を口にしてみると、なんて陳腐な話だろう。

鼓太郎は、自分が傷ついたような顔をした。

「……まだその人のことが好きなの？」

「そうじゃない。裏切りを知った途端に、気持ちは一気に醒《さ》めたよ。未練とかまったくない。ただ、あのときの突然はしごを外されたような真っ逆《さか》さまな感覚が、忘れられないんだ。全身で信じて、依存しきっていた相手に、いちばん大事な部分で裏切られていたっていう、絶望感」

話しながら、既視感を覚える。

こんなふうに、恐れと期待にドキドキしながら、自分の生《お》い立《た》ちを当の小山田《おやまだ》に打ち明けた日のことが脳裏をよぎる。

普段は飄々《ひょうひょう》と能天気に生きているように見せかけながら、好きな男の前ではつい弱々しい本音を吐露《とろ》したくなる自分の脆弱《ぜいじゃく》さに、イラッとする。

「人を好きになって、またあんな気持ちになるのが嫌なんだ」

テーブルの上で拳《こぶし》をぎゅっと握って、放り投げるように言うと、鼓太郎がそっと拳に指先をくっつけてきた。

真正面から、じっと晴樹を見つめて、真面目《まじめ》な顔で言う。

「俺は、絶対に晴樹を裏切ったりしないよ」

「そんなスタイリッシュな衣装で、そんなかっこいいこと言われたら、全人類がきみと恋に落ちちゃうよ」

茶化さないといられないくらい、ムズムズとくすぐったい昂揚感《こうようかん》に包まれる。

一方で、それを冷ややかに見降ろす自分もいる。

恋なんて、あんなに簡単に終わるものにまた騙《だま》されるのか？

小山田の裏切りは、もちろんなによりもショックだった。それと同じくらい、一気に醒めた自分の気持ちもショックだった。

未練よりも、裏切りに対する怒りや羞恥《しゅうち》の方が大きかった。愛情なんて、いとも簡単に壊れるし醒めるもの。

母親の愛情ですら、新しい男が出来たら、そちらに比重が傾いた。

生真面目な表情でこちらを見つめている鼓太郎に、晴樹はぼそっと訊ねた。

「じゃあ、たとえば、俺との関係が俳優生命に影を落として、別れるか廃業《はいぎょう》するかっていう話になったら、どっちを取る?」

うわぁ。冗談だとしても、なに面倒くさいこと言ってるんだろ。どっちを選んでもモヤモヤするばかりなのにこんなことを口走るなんて、俺はメンヘラか?

鼓太郎は晴樹の拳を手のひらで覆《おお》いながら、真面目な顔で言った。

「両方」

「……どっちかひとつしか選べないとしてよ?」

「そこで晴樹を取ったとしてさ、自分のせいで俺の俳優生命が絶たれたとかなったら、晴樹絶対病むじゃん」

……見抜かれている。

「だから、俺はそんな二択を迫《せま》られたりしないような、絶対的なニーズのある役者を目指す」

「……ヤバい。かっこよすぎて恋に落ちそう」

た。


「早く落ちてよ」

もう落ちてるけどね。

落ちるの自体は、多分、簡単なのだ。先のことを考えさえしなければ。

その時、ポケットでスマホが鳴った。

若干《じゃっかん》ほっとした気分で、「ちょっとごめんね」とさりげなく指をほどき、スマホを手に取った。

先日こちらに遊びに来た高校時代の友人、雨宮理玖《あめみやりく》からのラインだった。

『見て、奇跡の一枚』

コメントと共に、写真が届いている。

麦畑ごしに巨大なショッピングモールの明かりが映《うつ》る、故郷の街の夕刻の写真。

こちらに向かって手を振るシルエットは、理玖の恋人の天田征矢《あまだまさや》だ。その人影の前を、ちょうどカラスが横切った瞬間を収めた一枚は、遠近法で、あたかも巨大カラスが征矢を吊《つ》り上《あ》げているかのようになっている。

思わずふっと笑ってしまうと、鼓太郎が「なに？」と覗き込んできた。

「この前うちに来た地元の友達が、変な写真を送ってきた」

「え、どうなってるの？　すごいね」

画面を鼓太郎の方に向けて見せながら、晴樹は柄《がら》にもなく、これは運命かもしれないと思った。

恋愛なんて世にも脆《もろ》いまやかしだという呪縛《じゅばく》を、否定してくれるやつらが、こんなに身近にいるじゃないか。

生まれたときからずっと一緒で、それなのに飽《あ》きもせず、この間みたいな好きが暴走した痴《ち》話《わ》げんかを繰り広げたり、はしゃいでこんな写真を撮《と》ったり。

ホント、奇跡の一枚だね、とメッセージを返す。

シャッターチャンスはもとより、こんなに長い月日を愛情をもって繋《つな》がれていることも、このタイミングで写真を送ってくれたことも、すべてが奇跡。

「……俺、相当面倒くさいよ？」

上目遣《うわめづか》いに窺《うかが》うように言うと、鼓太郎は満面の笑みを返してきた。

「面倒くさいの大好き」

「実は嫉妬《しっと》深くて怒りっぽいし」

「願ってもないです」

「いびきとかうるさいかもだし」

「聞いてみたいな」

どうしよう。すでに立派なバカップルではないか。

「能天気だなぁ」

もう心は決まっているのに、自分の中のシニカルな部分が、最後のひと足掻《あが》きを試みる。

「恋愛の賞味期限は三年っていうから、いざつきあってみたら、ありとあらゆることにうんざりするかもよ？」

「賞味期限なんて、晴樹にはないよ」

こんないい男に真顔で言われると、さすがにすまし顔を保つのが難しい。

「買いかぶりサンキューだけど、恋愛の賞味期限の話は、生物学的理論で証明されてる。子孫をより多く残すために、オスが次々新しいパートナーを求めるのはごく自然なことで……」

「ねえ、なんの話？」

鼓太郎が笑いながら遮《さえぎ》ってきた。

「子孫もなにも、そもそも晴樹に恋した時点で、生物学的なんとかを超越してるから、安心して？」

「あ……」

言われてみれば、まあ確かに。

晴樹がグラスを口元に運ぶと、それをじっと見ながら、鼓太郎は言った。

「アルコールって、失敗から生まれたんだよね？」

唐突な話題転換に「え？」と問い返す。

「お酒とかチーズとかって、元々それを作ろうとして作ったわけじゃなくて、失敗から偶然できたんでしょ？」

「ああ、そうだね」

「そういうもの、多くない？　コーラとかポストイットとかもそうだっていうし」

「コーンフレークや電子レンジも失敗の産物らしいよね」

「マジで？　それは知らなかった。失敗は成功のもとって、本当なんだね」

そう言って、鼓太郎は、身を乗り出してきた。

「失敗したっていいじゃん」

「え？」

「一度恋に失敗したから、もう次はないとか言わないでよ。それを踏み台にして得ることは絶対にあると思う。だから、俺とつきあってください」

「踏み台にしていいの？」

「喜んで！　……じゃなくて、前の恋を踏み台にして、俺と成功しようって話だから！」

鼓太郎のノリツッコミに、つい頬がゆるむ。

最初の恋のときには、失敗のことなんて考えもしなかった。よく言えば一途。ありていに言えば世間知らず。

じゃあ今はどれほど世間を知っているのかと言えば、正直大差ない気もするけれど、少なくともあのころのように、自分のすべてを引き受けてくれる相手として依存してもたれかかろうとは思わない。

ただ、鼓太郎と一緒に過ごす楽しい時間に、わくわくしたい。

晴樹はグラスを置いて、まっすぐに鼓太郎を見つめた。

「俺も、いい踏み台になれるように努力する」

「え？」

鼓太郎は目を丸くした。

「それどっちの意味？　つきあってくれるってこと？　それとも遊び？」

「いやいや、俺、三島鼓太郎で遊ぶほど偉《えら》くないから」

「じゃあ本気？　踏み台ってなに？　イチャイチャするときは俺が上にのっかっていいっていうお誘いの文学的表現？」

晴樹はまた笑ってしまう。

「官能作家じゃあるまいし。っていうか、ごめん、言い方が悪かった。よろしくお願いしますってこと」

鼓太郎の顔にパッと喜色が浮かぶのを見て、こんないい男を言葉ひとつでこんな顔にさせられるなんてと、くすぐったい幸福感を覚えた。

そしてそのくすぐったさゆえ、やっぱり照れ隠しに走ってしまう。

「思ったのと違ったとかあったら、クーリングオフＯＫだから、遠慮《えんりょ》なく踏み台にして」

だってまだ、溺《おぼ》れるほどの恋には、怯《おび》えがある。

鼓太郎は口を尖《とが》らせた。

「そんなこと、絶対にないし。もしかして晴樹、俺のこと身体目当てとか思ってる?」

「いや、さすがにそれだけはないと思ってる」

とんでもないジョークを挟《はさ》んでくるなよと、大爆笑していると、鼓太郎が晴樹の手の甲に意味深に指先をすべらせた。長い指先で官能的にさすられて、軽い電気刺激が走る。

「自分がどれだけ俺の目に魅力的に映《うつ》ってるかわかってる? 油断してると、どうなっても知らないよ?」

低く、空気の振動で囁くような声で言われて、晴樹は笑ったままの口の形で声を失い、落ち着かなく視線を泳がせた。

「……役者怖え」

「役者関係ないでしょう?」

不思議そうなその顔が、もう罪《つみ》。

「でも、マジでそういうの目当てと思われたくないから、晴樹がいいって言うまで手は出さない。まずは清らかなおつきあいで、俺の本気を信じてよ」

「わかった。じゃあよろしくお願いします」

晴樹は鼓太郎の手の下から、さりげなく手を引き抜いてグラスを持ち上げ、余裕ぶって乾杯の仕草をしてみせた。

危ない危ない。あのまま手を握られていたら、個室なのをいいことに自らこの場で身を投げ出しそうだった。

新しい恋の成就《じょうじゅ》のうずうず感と、まだ探り合いのぐるぐる感の狭間《はざま》で、現実味のない食事を終えたあと、どうでもいいような話をしながら、夜の通りを並んで歩いた。

心がふわふわして、別れが名残惜《なごりお》しくて、通りをゆっくり走りすぎる空車のタクシー数台を気付かぬふりで見送った。しかし鼓太郎の方から帰り時間を切り出される前に、自分から通りに目をやった。

「明日も早いんだろ？　タクシー停めようか」

上げかけた右手を、鼓太郎に摑まれた。そのままビルの隙間の細い路地へと引き込まれる。

冷たい壁に背中を預けた状態で、すくいあげるようにキスされた。

「ん……っ」

何年ぶりかのキスは、ほとんど初めてのように晴樹の背筋を震わせた。

それはさっき飲んだアルコールよりも簡単に晴樹を酔《よ》わせ、足元を危うくさせる。

スーツの広い背中にしがみつくと抱きしめ返されて、キスはもっと深くなった。

これ以上官能を搔《か》き立《た》てられたら、ご無沙汰《ぶさた》な己《おのれ》の身体が路上セックスをせがみそうというところまで追い立てられて、晴樹はようやく鼓太郎の身体を軽く押し返した。

「手は出さないんじゃなかったの？」

思春期みたいな胸のドキドキをポーカーフェイスで隠して、上目遣いに見上げると、鼓太郎は両手を広げて、いたずらっ子のような笑みを返してきた。

「手は出してないよ」

「屁理屈王子め」

晴樹は苦笑いで通りに戻るとためらいもなくタクシーを停め、ドアの中に鼓太郎を押し込んだ。

「……怒った？」

心配そうに見上げてくる鼓太郎に、キスで痺《しび》れて、まるで自分のものじゃないみたいに感じる唇で微笑んでみせた。

「怒ってないよ」

「また連絡してもいい？」

「あたりまえでしょ」

運転手に聞こえないように、口の形だけで「つきあってるんだから」と呟くと、鼓太郎はパッと魅力的な笑みを浮かべた。

走り去るタクシーを目で追いながら、腰が抜けそうになる。

もう恋はしないと思っていたけれど、「もう」とか「また」とかそんな表現すら失礼に感じる。

　どの恋も、その相手とは初めての恋で、それはやっぱり何度目とかじゃなくて、初恋なんだと思う。

8

「うそ、たった一ヵ月でもう書けたの⁉」

先ほど塾講師シリーズの初稿を送信した話をすると、鼓太郎《こたろう》は目を丸くしてスツールから立ち上がった。

「もうって言っても、雑誌連載の一話分だから、ほんの七十枚程度だよ」

「ほんの七十枚って、読書感想文五枚に苦しんだ俺に謝れよ」

「ごめん」

「いや、ホントに謝るのやめて？」

「どっちだよ」

久々の鼓太郎の部屋で交わすそんななんでもないやりとりが楽しくて、ついロッキングチェアでのけぞって笑ってしまう晴樹《はるき》に、鼓太郎は真顔で近づいてきた。

「そのタブレットに原稿入ってる？　読ませてよ」

「初稿なんて見せられないよ。まずは的場《まとば》さんの意見を聞いて、ちゃんと手直ししてからじゃなきゃ」

「えー、読ませてよ。俺がどれだけ楽しみにしてたと思ってるの？」

「だったらなおのこと、ちゃんとしたものを読んで欲しい」

「大丈夫だって」

「なにが大丈夫なんだよ」

「なにもかも大丈夫」

「処女を手玉に取るプレイボーイみたいな強引さやめろよ」

「どんなたとえだよ。いいから読ませてって」

「だーめ」

椅子から立ち上がって頭上高く掲《かか》げたタブレットを、鼓太郎が身を乗り出して奪おうとする。半《なか》ばのしかかられた体勢になって、鼓太郎の顔がすぐ目の前に迫《せま》る。

恋愛ドラマだったら、キスになだれ込むシチュエーションだな、などと失笑しかけた唇を、本当にキスで塞《ふさ》がれた。

つきあい始めてまだ一ヵ月。ほんの数回目の初々《ういうい》しいキスは、さっき一緒に食べた鼓太郎のロケ土産《みやげ》のレモンパイの味がした。

「……ん……」

腰を抱かれ、頬に手を添えられて、甘く啄《ついば》むように何度も唇を重ねられ、本当につきあっているんだなという実感のようなものが、ときめきとともにひたひたと満ちてくる。

恋などしなくても生きていけると思っていたし、実際この数年、それで困ったことなど何もなかった。

晴樹だけではなく、多くの人がそうだと思う。今は一人で引きこもっていたって、充分楽しめる時代だ。

それでもこうして生身の相手と触れ合って感じる胸の高鳴りは、エア体験では満たせないものがあるのだと思い出した。

しばし甘いキスで晴樹を酔《よ》わせたあと、鼓太郎は「あ」と晴樹から手を離し、身体の前で両手を挙げた。

「ヤバい。まだ手は出さない約束だった」

「だから手を出すってそういう意味？」

照れを笑いで隠して返しながら、別に出してくれても構わないんだけど、と思う。

いや、でもいざとなったら腰が引けるかも。今はもう少しスローテンポで、泳ぐ前の準備体操みたいに、この新しい関係に慣れていくのがいい。

「わかった。もう無理に読んだりしないから、逃げないで」

鼓太郎は晴樹を元のチェアに座らせて、自分はその傍《かたわ》らの床に座って、肘《ひじ》掛《か》けに頭をのせてきた。

「でもさ、こんなにパパっと書けるなら、なんで続篇の依頼を最初は渋ってたの？」

「前にも言ったけど、塾講師シリーズはきみをモデルにして書いた話だから、なんとなくうしろめたくて」

「なんでうしろめたいの？　俺はめちゃくちゃ光栄だけど？」

「塾講師シリーズだけじゃない。実はすべての作品に参考にした元ネタやモデルがいるんだ」

ひた隠しにしてきた秘密を打ち明けると、鼓太郎は不思議そうな顔をした。

「それってなにか悪いこと？」

「ゼロから生み出してこそ作家でしょ？　俺みたいに何かや誰かをモデルにして、資料を読み漁《あさ》って書いてるやつがプロを名乗るなんておこがましいってずっと思ってる」

鼓太郎は理解できないという顔で「は？」と問い返してくる。

「ゼロから生み出すなんて、ありえなくない？　だいたいの作家がなにかを参考にしたり、影響を受けたりして書いてるんじゃないかな。ていうか、そういう何かから発想して話を膨《ふく》らませるのがプロなんじゃないの？」

いやいや、そんなはずないだろうと目で訴《うった》えると、鼓太郎は不思議そうに訊《たず》ねてきた。

「作家仲間と、そういう創作の話したりしないの？」

「いや、ほら俺、ぼっち作家だし」

半笑いで言うと、「嘘ばっかり」といなされた。

ラノベ時代の同世代の作家とは、今もたまに連絡を取り合ったりすることはあるし、そういう場に行けばいかにも物慣れた雰囲気で溶け込んだふうに見せられるタイプだから、ぼっちを自称しても誰も信じないけれど、創作の深い話なんてしたことはない。はりぼて感が露呈《ろてい》するのが怖いから、上《うわ》っ面《つら》の話しかしない。

「作家さんのことはわからないけど、俳優だって、まったくのゼロから役を作るのなんて無理だよ。少なくとも俺は無理」

「……そうなの？」

「時系列順に撮影《さつえい》するわけじゃないから、たとえばクライマックスの泣きのシーンを先に撮《と》りますって言われたら、いきなり役になって泣くなんてできないし。だから、今まで見たいちばん悲しい映画のことを思い出したり、小学生のころに飼ってた文鳥が逃げちゃったときのこととか思い出しながら涙を出したりするけど、それってプロじゃないって思う？」

「そんなことないよ。視聴者に信じ込ませられれば、それがプロの仕事だろ」

「じゃあ、作家さんもそういうことじゃん？」

それは違うと反駁《はんばく》したくなったけれど、ふと考え直す。

よくよく考えれば、そういうことなのだろうか？

今まで自分はズルをしていると思っていて、作家を名乗るのもおこがましいと思っていたけれど、そうでもないのかな。

鼓太郎の言葉に、赦《ゆる》しを得たような気持ちになった。

ことさら作家になりたいと思って、なったわけではない。継父への反発心と自立心から、消去法で選んだ、収入を得るための手段に過ぎなかった。

でも、読んでくれる人がいて、こうして十数年やってこられた。それは肯定《こうてい》されていいことなのかな。

鼓太郎は目をキラキラさせながら身を乗り出してきた。

「ねえ、俺をモデルにしてくれてたってことはさ、出会う前から相思相愛だったたってこと?」

「まあ、そうとも言えるのかな」

ああ、またこんなもって回った言い方。

晴樹は鼓太郎の肘《ひじ》に手をのせて、言い直した。

「そうじゃない。出会う前にきみをモデルにしてたんだから、俺の方が先に好きになったたってことだよ」

「いや、違うでしょ。そもそもは俺がバイト先でサインをねだったんだから、俺の勝ちじゃん?」

「勝ち負けの話だっけ?」

思わず笑ってしまう。

そのとき、ローテーブルの上で晴樹のスマホが着信音を響かせた。

ディスプレイに的場の名前が表示されている。

「あ、もう返事きたじゃん。直しなしでOKだったら、今読ませてよ？」

いたずらっぽい表情で念を押して、鼓太郎は気を利《き》かせてくれたのかその場を離れてキッチンに向かった。

『夏川《なつかわ》先生、原稿ありがとうございます！』

相変わらず明るく元気な声がスマホから溢《あふ》れ出《だ》す。

「いえいえ。まさかもう読んでくれたんですか？　今度こそ超速読術？」

前にもこんな会話をしたなと思い出す。あのときは原稿の返事ではなくてドラマ化のオファーを知らせる電話で、思えばそこからすべてが始まったのだと思うと感慨深《かんがいぶか》い。

またも「それどころじゃないんです」とかいう怒濤《どとう》の展開だったらどうしようかと思ったが、

『拝読しましたよ！　素晴らしく面白《おもしろ》かったです！』

今回は本当に原稿の返事だったようだ。

『最初は渋ってらしたから、ネタ切れかと思って心配しましたけど、めちゃくちゃ内容濃くてよかったです。益々《ますます》面白くなった感じ。やっぱりドラマ化がいい方に作用したんですね』

「三島《みしま》くんが演じてくれた新藤《しんどう》のイメージを、がっつり織り込ませてもらいました」

思い切ってぶっちゃけてみると、的場は「いいですね！」と声を弾《はず》ませた。

『先生は実在の人物はモデルにしない派だって断言してらっしゃるからあえておすすめはしま

せんでしたけど、そういうのもアリですよね。女性の作家さんだと、ハマっているアイドルや俳優さんをひそかにモデルにしてる方、結構いらっしゃいますし。そういうのって、キャラクターに艶《つや》がでて、結構好きです』

あっさりアリだと肯定されて、拍子抜けする。自分が今まで作家を名乗る資格がないくらいにうしろめたく思っていたのは、いったいなんだったんだろう。

内容的にはほぼＯＫとのことで、いくつか小さな疑問点や修正点をやりとりしたあと、的場がさらっと言った。

『小山田《おやまだ》さんも、続篇楽しみだっておっしゃってましたよ』

急に出てきた名前に、ドキリとなる。

「……小山田さんとそんな話を？」

『事務的な連絡事項でやりとりしたときに、塾講師シリーズの話になったんです。小山田さん、あの作品の大ファンらしいですよ。新連載の予告を見て、舞い上がったっておっしゃってました』

担当を外れた今も、小山田が自分の小説を読んでくれているのはちょっとした驚きだった。

最悪の別れのあと、晴樹は小山田を思い出すのが嫌で、記憶から抹殺《まっさつ》することに躍起になっていた。小山田の方もそうではないかと思っていた。それゆえにファンレターのチェックも怠《おこた》り、奇《く》しくもそれが幸いして的場に拾ってもらうことになったのだと……。

『夏川先生？　ごめんなさい、私、余計なこと言っちゃいました？』

晴樹の沈黙になにかを察した様子で、的場が訊ねてくる。

「あ、いや、担当をはずれた今も俺の本を読んでくれてるなんて意外で、ちょっとびっくりしたっていうか」

晴樹と小山田の間に何があったのかを的場は知らないが、なにがしかの揉《も》め事《ごと》があって古巣を離れたことは察しているはずだ。

『まあ作家と編集者って相性もあるし、ちょっとした行き違いで担当替えってよくあることですけど、少なくとも小山田さんは、夏川先生のご活躍をすごく楽しみにしてらっしゃいますよ。そもそも、夏川先生と私を繋《つな》いでくださったのは小山田さんですし』

思いがけない話に、「え？」となる。

「的場さんには、俺が自らコンタクトを取りましたよね？」

『ええ。私がダメ元でファンレターの体《てい》を装って送った四通目の手紙に、お返事をくださったんですよね』

「……四通も送ってくれていたんですね」

『あ、やっぱりその前の三通は編集部で止められてましたか。四通目を送ったときに、小山田さんからご連絡いただいたんです。事情があって、夏川先生を手放すので、そちらで面倒を見て欲しいって』

「え……」

『手紙を夏川先生に転送するけど、もし本人から連絡が行かなかったらあなたの方から連絡を取って欲しいっておっしゃって、こっそり連絡先を教えてくれました。一応口止めされていたので今までその件には触れなかったんですけど、もう時効かな、と』

意外な話に晴樹は言葉を失った。あの無造作なファンレターの転送にそんな意図があったなんて。

『夏川先生、小山田さんに愛されてますね』

真相を知らない的場の罪《つみ》のない軽口に、あははと笑い返しながら、晴樹は小山田の顔を思い浮かべた。

自分には何も言わずに、別の出版社での仕事を後押ししてくれていた。それはちょっと感動的なエピソードだった。信頼を裏切られて、もう二度と顔も見たくないと思っていた幼い晴樹とは逆に、あんなことになっても先行きを心配して、裏で画策《かくさく》してくれていたなんて。

キッチンから戻ってきた鼓太郎が、スマホのゲームに興じるふりをしながら、チラチラとこちらの会話を気にしている。

鼓太郎の端整な心配顔に、晴樹はふっと微笑《ほほえ》んでみせた。

真新しい恋人の存在を、とても心強く思った。

もしも心の空洞を抱《かか》えたまま、今もあの恋から立ち直れずにいたら、的場の話にほだされていたかもしれない。黙って逃げ出した自分を責め、そんな自分を陰ながら応援してくれた小山田への未練が再燃して、うっかり連絡をとったりしていたかも。

でも、今は冷静になれる。

ひどいことをされた晴樹が、二度と顔を見たくないと思ってしまったのは当然のこと。一方で、小山田が晴樹の先行きを心配してくれたのは、純粋《じゅんすい》な愛情というよりうしろめたさも大きかったのだろうと想像した。

それでも、記憶の中で百パーセントの悪者になっていた小山田が、たとえ罪悪感からであっても晴樹の将来を心配してくれていたことを、過去の自分に教えてあげたいなと思った。自分の人生の一部が恨《うら》みや悲しみで塗《ぬ》りつぶされてしまうのは悲しいことだから。

通話を終えると、鼓太郎が待ちきれない顔を向けてきた。

「担当さん？　ＯＫだって？」

「だいたいはね」

「やったー！　じゃあ読ませて！」

「細かいとこ直したらね」

「細かいとこなんていいから」

「だーめ」

「いいじゃん！」

脳裏をよぎったほろ苦い記憶は、鼓太郎との明るいじゃれ合いですぐに上塗りされて、晴樹はタブレットを手に鼓太郎と無邪気な追いかけっこを再開した。

『ネットニュース見た？　三島鼓太郎やるじゃん』

風呂上がりに理玖《りく》からのラインメッセージに気付いた晴樹は、なんのことだろうと思いながらニュースサイトを開いた。

鼓太郎と人気女優・山崎遙《やまざきはるか》のお泊まり愛とかいう見出しが目に飛び込んでくる。タップすると、二人が小樽《おたる》のリゾートホテルから一緒に出てくるところや、夜の運河を並んで歩く写真などが出てきた。

意外にも、一瞬、心臓が半分くらいの大きさに縮んで、心拍数があがった。

意外にもというのは、小樽での一件については鼓太郎から聞いてすでに知っていたから。

ロケ先で、別の撮影に来ていた山崎遙と偶然同じホテルに泊まり、高校の元同級生ということもあって、スタッフを交えて一緒に食事をしたという。山崎遙が晴樹の小説の愛読者とのことで、その食事会の最中に鼓太郎から電話がかかってきて、晴樹も直接彼女と話したし、運河を散策したときにほかの俳優やスタッフが一緒だったことも、鼓太郎に写真を見せてもらって知っている。

熱愛報道がガセネタだとわかっているのに、思わずドキリとしてしまったのは、過去のトラウマのせいもあると思う。

『山崎遙のサイン、理玖の分も頼んでおこうか？』などとおどけた返信をしつつ、今回は最初から嘘だとわかっているからいいとして、今後本当にこういうことが起きたら、自分はどうするんだろうかと想像した。

鼓太郎とつきあい始めてまだほんの二ヵ月。

晴樹がいいと言うまで手は出さないという宣言通り（晴樹の方はいつでもＯＫと思っているのだがなんとなく言うタイミングを逸《いっ》し）、まだキスどまりの、親友に毛が生えた程度のこの関係。

でも、本当にこういうことが起こったら、相当ショックだろうなと思う。だって、嘘だと知っていてさえ、なんともいいタイミングで撮られた二人の会心の笑顔に、ちょっと傷ついている自分がいる。

そんなことを考えていたら、当の本人から電話がきた。

『晴樹！　ネットニュースのあれ、嘘だってわかってるよね？』

ビデオ通話の必死の形相《ぎょうそう》に、思わず頬がゆるんで、ちょっとした意地悪心が湧き起こる。

「俺というものがありながら、ひどいよね」

『晴樹ー！』

「もうショックすぎて、ご飯しか喉を通らないし、夜しか寝れない」

『マジで疚《やま》しいことなんてひとつもないって知ってるでし……？　え、夜しか？　……もしかしてからかってる？』

「ごめん」

耐えきれずに噴き出すと、鼓太郎は控《ひか》え室《しつ》らしき部屋の畳《たたみ》の上にひっくりかえった。

『ひどいよ。俺、晴樹に誤解されたらめちゃくちゃ傷つく』

「ごめんって。だけど、俺も一瞬あの記事を見てどきってしたから、おあいこでしょ？」

鼓太郎がガバッと起きた勢いで、画面の背景が目まぐるしく回転して、目が回る。

『どきってしてくれたの？　それってやきもち？』

「いや、俺って男にだまくらかされる星の元に生まれたのかなっていうショック？　二度あることは三度あるんじゃね？　みたいな」

またそんな言い方をしている自分に「こらこら」と脳内でツッコミを入れる。

だって、やきもちという言葉が少々恥ずかしかったのだ。

まださして深いつきあいでもないのに、いつの間にかこんなガセネタにまでやきもちを焼くほど、鼓太郎を好きになっている自分が。

『うちの事務所も遙ちゃんの事務所も、事実無根で抗議してるけど、ホント腹立つ』

「遙ちゃんって呼んでるんだ」

思わず呟くと、鼓太郎はきょとんとなった。

『だって元クラスメイトだし。ダメ？』

「だめじゃないよ。ちょっとやきもち焼いただけだから気にしないで」

冗談に紛《まぎ》れて、今度はちゃんと本音を言えた。

鼓太郎がパッと顔を輝かせる。

『やきもちめっちゃ嬉しい！　じゃあ晴樹のことも晴樹ちゃんって呼ぼうかな』

「気持ち悪いからやめて？」

『かわいいじゃん。ねえ晴樹ちゃん、明日会える？　夕焼けのシーンの撮影が入ってたんだけど、天気のせいで延期になりそう』

「明日は昼過ぎに編集部で打ち合わせがあるけど、そのあとはヒマだよ」

『じゃあ、午前の仕事終わったら、出版社まで迎えに行くね』

鼓太郎の声に被《かぶ》さるように控え室のドアが開く音がして、「三島さん、お願いしまーす」という声が聞こえてくる。

「仕事、頑張って」

『晴樹ちゃんもね』

「ちゃんはやめろ」

他愛《たわい》もないやりとりで通話を終えると、理玖から返信が届いた。

『サイン待ってる！　お礼にまた大和芋《やまといも》送るね』

大和芋は地元の特産品で、この間の一件のあとにも、お詫《わ》びだといって理玖と征矢《まさや》から大和芋サブレーが送られてきた。

晴樹は笑いながら、ベッドに背中からダイブした。

人生の理不尽に、不満を募《つの》らせながら生きてきた時間もあった。これからもきっとあるだろう。

でも、悪いことばかりってことはないし、悪いところしかない人間も、多分そんなにいない。悲惨《ひさん》な別れ方をした元カレも、数少ない友人も、現担当も、新しい恋人も、濃淡や思惑《おもわく》は別にして、みんな色々な愛を自分に分けてくれて、だからこうして毎日、つつがなく過ごせているに違いない。

ふと、犬猿の仲の継父にたまにはメールでもしてみようかな、なんて気まぐれが脳裏をよぎった。

継父こそ、十代の晴樹から見たら悪いところしかない人間だった。

だが、それを煽《あお》っていたのは、ほかならぬ晴樹自身だったのかもしれない。とにかく押しつけがましいところが癇《かん》に障《さわ》って、すべてを突っぱねていたけれど、自分の対応によっては、あそこまでこじれはしなかったのではないか。

そんなふうに考えて、思わず笑ってしまう。

それは自由に生きる権利を得たアラサーの今だから言えること。十代の少年にそんな分別を求めるのは酷《こく》な話だ。

多分、思っただけでメールなんてしない。心底合わない人間というのはいるものだ。

だけど誰彼恨《うら》むだけで終わる人生じゃなくてよかった。

そんなふうに思えるのも、きっと、鼓太郎に出会えたから。

9

打ち合わせは、思ったよりも早く終わった。

出版社の向かいのビルのカフェで鼓太郎《こたろう》を待つことにして、ビルの前の歩道で信号待ちをしながらスマホでメッセージを送っていると、

「パパ、またね！」

ビル街には珍しい幼い子供の甲高《かんだか》い声が、通りの向こう側から響いてきた。

ふと顔をあげると、長身の男性が女性と子供をタクシーに乗せて、見送っている。

晴樹《はるき》の視線を感じたのか、走り去ったタクシーから目を離した男と、通りごしに目が合った。

小山田《おやまだ》だった。

出版社の多いこの界隈《かいわい》で、思えばこの五年間一度も鉢合《はちあ》わせなかったのが不思議なくらいだ。

信号が青に変わる。向かいのカフェに行くつもりだったが、躊躇《ちゅうちょ》していると、小山田がこちらに向かって横断歩道を渡ってきた。記憶の中の姿より、少し痩せて目の周りの彫りが深くなったように見える。出会ったころには今の晴樹と同じ年だった小山田も、そろそろ四十にな

るはずだ。

意外にも、晴樹は自然に微笑《ほほえ》むことができた。

「お久しぶりです」

「久しぶり。元気そうだね」

「おかげさまで」

決まり文句で返してから、おかげさまってなんだか痛烈に嫌味な感じじゃないか？　と心の中でツッコミを入れて笑ってしまう。笑える自分でよかった。

「お嬢《じょう》さんですか？　大きくなりましたね」

タクシーが走り去った方に視線を向けながら言って、いや大きくなったもなにも、姿を見るのは今日が初めてだけど、と再び自分を茶化す。

「保育園で発熱して、お迎えの要請《ようせい》が来たらしいんだけど、母親が名古屋《なごや》出張で、とんぼ返りしても半日かかるっていうから、僕が引き取りに行って様子を見てたんだ。幸い大したことなさそうでよかったよ」

どこか他人事《ひとごと》のような話し方を怪訝《けげん》に思っていると、それが伝わったのか、小山田は苦笑いを浮かべた。

「三年前に離婚して、親権は彼女が持ってる」

「……そうだったんですか」

気まずい沈黙のもと、一瞬のうちに様々な思いが脳裏を渦巻《うずま》く。

原因の一端は自分にあるのかもなんて思うのは、被害妄想《もうそう》なのかそれともうぬぼれなのか。

自分を騙《だま》して幸せな結婚生活を送っていると思っていた男の離婚はザマミロ案件なのか。

どろどろぐちゃぐちゃした記憶や思いが、ヘビのようにうねって頭の中でぐるぐる蠢《うごめ》いたけれど、一周回って、いい感情も悪い感情も結局は湧いてこなかった。

小山田の結婚生活が上手《うま》くいかなかったのは、あくまで小山田の人生であり、良くも悪くも晴樹とは別の物語だ。

ラッキーとも申し訳ないとも思わない自分に、少しホッとした。

そもそも、離婚が不幸なことかどうかもわからない。それは小山田と元妻にしかわからないことだ。

「今日は仕事?」

小山田は出版社の社屋を振り返った。

「打ち合わせが終わったところです」

小山田は腕時計に視線を落として言った。

「時間があったらお茶でもどうかな」

懐かしい声と、誘いの言葉。でも、懐かしさの領域を出るインパクトはなかった。

「すみません、このあと人と待ち合わせしてて」

「そうか」

小山田は残念そうな笑みを浮かべた。

「でも、元気そうでよかった。仕事も順調そうでなにより」

「おかげさまで」

今度のおかげさまは、本心から。

小山田は一度視線を落としてから、じっと晴樹を見つめてきた。

「きみには本当にひどいことをしたと思ってる。今さらどんな言い訳をしても償《つぐな》い切《き》れないけど、本当に申し訳なかった」

もしもお茶の誘いに応じたら、その言い訳の詳細《しょうさい》を聞かせてくれるのだろうか。

興味がなくはない。でも、それが納得のいく内容だったとしても、今さらどうなるものでもない。

すべては終わったこと。

「償ってもらうようなことは何もないですよ」

晴樹は笑顔で返した。

「俺の方こそ、あのころは小山田さんに全力でもたれかかって、公私ともに迷惑かけたなって、反省してます」

大好きだった。でも、対等な恋愛ではなかった。それまでの人生で得られなかったすべてを小山田から貪欲《どんよく》に与えてもらおうとした。

出会ったころの小山田と同じ年になってみると、あのころそう見えたような大人とは程遠かった。当時は完璧《かんぺき》な大人に見えた小山田の弱さに、今は共感できる。

だからといって、ほだされたりはしないけれど。

小山田は少し驚いたような顔をした。

「そんなことを言われるなんて、想像もしてなかった。恨《うら》まれて憎《にく》まれて当然なのに」

恨んでいたし、憎んでいた。

明けない夜はないなんて言葉、絶対嘘だと思っていた。

でも、時の流れは偉大だ。そしてなにより、自分をこんな気持ちにさせてくれた鼓太郎に、心から感謝したいと思った。

「俺だっていつまでもガキじゃないですよ。今や著作がドラマ化される売れっ子作家なので、サハラ砂漠くらい心に余裕あります」

お互いにとって気まずい過去を、尊大ぶった冗談で笑いに変えようとしたものの、なんで心の広さをよりにもよって砂漠になぞらえたんだよと、再三の自分ツッコミ。

「塾講師シリーズ、僕も大好きだよ。三島《みしま》鼓太郎ははまり役だったね」

「でしょ？　あれは彼をモデルに書いた話だから」

するっと言葉が出てきた。

「そうだったのか」

驚いた顔で言って、小山田は十代の晴樹によくやってくれたように、大きな手で頭をポンポンと撫《な》でてきた。

「すっかり大人になったね」

万感の思いのこもったひとことだった。

「言ってることとやってることがちぐはぐですよ」

子供にするように撫でられて、笑ってしまう。

あのころ、この手にどれほど慰《なぐさ》められ、幸せな気持ちにさせてもらったことか。

今は物理的にも心理的にも、くすぐったくて据《す》わりが悪い。

「晴樹、お待たせ！」

耳に馴染んだ明るい声で呼ばれて、晴樹は後ろを振り返った。その動作で、小山田の手が晴樹から外れる。

横断歩道を鼓太郎が大きなストライドで駆けてくる。勢いでパーカのフードが脱げて、きらびやかなオーラが弾《はじ》ける。

小山田が目を丸くした。

「新藤《しんどう》先生」

役名で呼ばれて、鼓太郎が破顔した。

「すみません、お話し中にお邪魔して」

「待ち合わせって本当だったんだね。しかも新藤先生と」

どうやらお茶の誘いを断る口実だと思われていたらしい。

もの問いたげに二人を見比べる鼓太郎に、晴樹は小山田を紹介した。

「昔の担当の小山田さん。偶然ここで会ったんだ」

鼓太郎は人懐っこい笑顔で頭を下げた。

「担当さんだったんですね。晴樹が昔お世話になりました」

天然炸裂《さくれつ》の挨拶《あいさつ》に小山田がきょとんとしているのを見て、和《なご》み笑いがこみあげてくる。

「じゃあ、お元気で」

短い挨拶とともに会釈《えしゃく》をして、晴樹は鼓太郎を促《うなが》し踵《きびす》を返した。

「三島くん、相当目立ってるけど、とりあえずタクシー拾う?」

晴樹が言うと、鼓太郎はフードを被《かぶ》り直《なお》して、晴樹の手に指を絡めてきた。

「せっかく日のある時間に会えたんだから、少しぶらぶらしようよ」

そう言って、つないだ手をこれ見よがしに揺らす。

「……ますます目立ってると思うけど」

「大丈夫。世間は俺を遙《はるか》ちゃんと熱愛中だと思ってるから」

のんびり歩きながら、鼓太郎は晴樹の方に身体を寄せて、低い声で言った。

「違ったらごめんだけど」

「ん？」

「今の人、元カレ？」

晴樹は思わず隣の長身を見あげた。

「……よくわかったね」

「やっぱりね」

ますます強く手を握ってゆらゆら揺する。

なるほど、そういう意図かと、チラッと後ろを振り返ると、小山田がこちらをじっと見送りながら、少し困ったような穏やかな笑みを浮かべていた。

あんな終焉《しゅうえん》を迎えたけれど、晴樹は小山田の不幸を願ってはいない。小山田もきっと、今の自分を見てほっとしてくれているに違いない。

「なんかムラムラする」

鼓太郎の呟きに、ちょっと笑う。

「こんな昼間からムラムラ？」

「間違えた。イライラ。あの人、晴樹の頭を撫でてたね」

「別れの挨拶だよ」

「挨拶でアラサー男子の頭を撫でるなんて、普通じゃないよ」

「初めて会った時、俺はまだ中三だったからさ。いくつになってもその時のイメージなんじゃないかな」

大人になったねと言ってくれはしたけれど。

「でも、撫で方がなんかエロかった。うー、やっぱりイライラじゃなくてムラムラかも」

「どっちだよ」

鼓太郎は足を止めて、晴樹を振り返った。

「やっぱタクシー拾って、うちに帰ろう?」

「いいけど、ぶらぶらしなくていいの?」

「ぶらぶらより、ムラムラをどうにかしたい」

また笑いそうになったけれど、鼓太郎が真面目《まじめ》な顔をしているので、晴樹も笑いを引っ込めた。

タクシーで鼓太郎のマンションに向かう。

帰り着いて玄関のドアを閉めるなり、鼓太郎は晴樹を抱きしめて、唇を奪ってきた。

「……っ」

濃厚な口づけに応《こた》えながら、「急にどうしたの?」と吐息で訊《たず》ねる。

鼓太郎は少しきまり悪げな表情で、晴樹を見つめてきた。

「あのネットニュースが嘘だってこと、晴樹はちゃんとわかってくれてると思うけど、今日会ったらさらにしっかり説明しようって思ってたんだ。それなのに、来てみたらまるっきり逆の立場になってた」

「逆って、俺のこと怪しんでるの？」

「それはない。でも、びっくりするくらい嫉妬《しっと》してる自分にびっくりした」

二回重ねた言葉の通り、鼓太郎は驚き困惑したような顔をしている。

端整な顔立ちとその表情のギャップがなんだか愛《いと》おしくて、自然と笑みがこみあげてくる。

それと同時に、そんなに強い思いを寄せられていることがちょっと気恥ずかしくなって、メガネを直しながらからかう口調で言った。

「いつもそんなふうにやきもち焼きなの？」

「いや、こんな感覚初めて」

しれっと言われて、嬉しさと気恥ずかしさでつい茶化してしまう。

「リップサービスが過ぎるよ」

「本当だよ。そもそも、誰かとつきあうのって、これが初めてだし」

「え」

晴樹は思わず目を見開いた。

「初めて？　嘘だろ」

鼓太郎は苦笑いを浮かべる。

「そんなことで嘘ついてもしょうがないでしょ」

「だってきみみたいな人気者がそんなこと……いや、人気者だから？　もしかして事務所が恋愛禁止とか？」

「十代のころはそう言われて真面目に守ってたけど、今はそんなことないよ。ただ、仕事を頑張りたかったし、とにかく仕事が楽しくて、それどころじゃなかった。それに……」

じっと晴樹を見つめて言う。

「今までこんなふうに人を好きになったことなかったし」

「逆に不安になるわ。俺なんかのどこがそんなにいいのか」

「どこもかしこも」

鼓太郎はもう一度晴樹の唇にキスすると、晴樹の手を引いて部屋の中へと連れていく。いつものリビングではなくて、寝室へ。

「ごめんね」

晴樹をベッドに座らせ、その隣に腰をおろしながら鼓太郎が言った。

「なにが？」

「晴樹がいいって言うまで手を出さないって約束したのに、我慢できない」

こんな完璧《かんぺき》なルックスを持ちながら、どこまでも天然なのか、それとも本当に交際経験ゼロゆえの不器用さなのか。

愛《いと》おしくて頬がゆるむ。

「なんで無理強《じ》い前提で謝るんだよ。普通に訊《き》いてよ」

「……抱いてもいい？」

「いいに決まってる」

鼓太郎の顔に、初日の出みたいにぱあっと笑顔が広がる。

「え、ホントに？　いいの？」

「そんな驚くこと？　正直、もうずっと前からいいって思ってたけど」

「えーっ！　言ってよ！」

「いやぁ、なかなか俺の口からは」

冗談めかしてもじついてみせたら、いきなりベッドに押し倒された。

「んっ……」

食べつくすみたいな勢いで唇を奪われながら、シャツのボタンを荒っぽく外されて、晴樹の方こそ初めてのように、俄《にわ》かにドキドキしてきた。

まさか今日こんなことになるとは思っていなかったから、まったく心の準備ができていなかった。ひとまず覚悟を決める時間が欲しい。

「待って、とりあえずシャワー浴びない？」

「そんなの、待てないよ」

「汗を流してからじゃないと落ち着かない派なんだよ」

鼓太郎はちょっと不服そうな顔をしつつも、身を起こした。

「晴樹プロがそう言うならしかたないな」

「プロってなんだよ」

「だって恋愛に関しては大先輩でしょ？　ビギナー三島としては従うしかないよ」

こっちだって恋はまだ二度目で、初心者マークが取れるか取れないかなんだけど……と思いつつも、鼓太郎の冗談にのっかっていく。

「そうそう、なにごともプロの作法に従うべし。……ってなんでついて来るの」

シャワーを借りるため、逃げるように部屋を出た晴樹のあとを、鼓太郎がTシャツを脱ぎ捨てながら追ってくる。

「だってシャワー浴びるんでしょ？」

「あ、きみが先に浴びるってこと？」

「いや、せっかくだから一緒に」

「いやいや、プロは個別に浴びるものだよ」

「やだよ、そんなまどろっこしいの」

「ビギナーは従うんじゃなかったのかよ」

「なにごとにも例外はある」

「なにそれ。あ、ちょっ、なにして……」

しょうもない言い争いをするうちに、鼓太郎にシャツを脱がされTシャツを首から引き抜かれ、ボトムスを下ろされて、あれよあれよという間に、バスルームへと押し込まれる。

狭《せま》い空間に、裸の二人。

気まずさを誤魔化そうとシャワーの栓《せん》をひねったら、冷水が二人の頭上に降り注ぎ、思わず二人で悲鳴をあげて両腕でそれぞれ自分の身体を抱いて、その場で地団太を踏んだ。

「なにするんだよ！」

「そっちでしょ！」

子供じみた言い争いを続けつつ、ふと現状の滑稽《こっけい》さに、見つめ合うお互いの目に笑いがこみあげてくる。

「これ、客観的に見たらめちゃくちゃ笑えるよね」

「やめて、お腹よじれる」

二人の笑い声が、浴室内で反響する。ひとしきり笑って、シャワーが適温になったころ、鼓太郎が笑いの名残《なごり》を貼り付けながら言った。

「元カレは、こんなかっこ悪いことなかったんだろうなぁ。ちょっと悔《くや》しいな」

確かに、小山田はいつもスマートで、頼りがいのある大人の恋人だった。

でも、天真爛漫《てんしんらんまん》で何も隠さない鼓太郎の無邪気さを、晴樹はより愛おしく思った。

どっちがいいとか悪いとか、引き合いに出す代わりに、晴樹はシャワーの雨の中で少し伸び上がって、鼓太郎の唇にそっとキスをした。

すぐに鼓太郎の方からくちづけを深められて、ぎゅっと抱きすくめられる。

押し付けられたものの硬さに、晴樹の身体も反応する。

「すごい。夢だったらどうしよう。晴樹とこんなことしてるなんて」

「それはこっちの台詞《セリフ》だよ」

晴樹も鼓太郎の背中に両腕を回す。

しばらくシャワーの下でキスに没頭《ぼっとう》したあと、晴樹は酸素を求めて喘《あえ》いだ。

「このままじゃ溺《おぼ》れ死《じ》にそう」

「だよね」

とりあえず、高速で身体を洗うことにする。そこでまた鼓太郎が泡《あわ》をなすりつけてきて、子供のようにふざけあったあと、水滴を垂らしながらもつれるようにベッドに戻った。

一応こちらは経験者だし、リードする心づもりだったが、鼓太郎は『待て』ができない大型犬の子犬のように、晴樹を組み敷いて身体中にキスの雨を降らせてきた。

「ん……」

素肌に湿った唇が触れると、ロウソクに火が灯《とも》るようにポッと熱が生まれる。灯の数はどんどん増えて、身体中が熱を帯び、じんじんと昂《たか》ぶっていく。

随分《ずいぶん》とご無沙汰《ぶさた》のこの感覚。興奮していく身体が、むずがゆく少し恥ずかしい。

「初めてなんて嘘だろ。すごく手慣れてる」

「ホントに？　役者冥利《みょうり》に尽きるな」

見おろしてくる鼓太郎は、純真無垢《むく》な少年のようにも、物慣れた大人の男のようにも見える。

「役者冥利って、これ、演技？　どんな役を演じてるとこ？」

「ええとね、満月の夜に晴樹を食べに来た狼」

鼓太郎は晴樹の両手をベッドにはりつけにして、首筋に顔を埋《うず》め、軽く歯を立ててきた。

「ひゃっ」

ゾワゾワする感覚に思わず声が裏返ってしまう。そんな自分の動揺がうっすら恥ずかしくなって、四つん這《ば》いでのしかかっている鼓太郎の太腿《ふともも》に軽く膝蹴りを入れる。

「設定ベタすぎじゃないか？　しかも今日は三日月だろ」

「水を差さないでよ」

子供っぽく拗《す》ねてみせたあと、鼓太郎はふっと男の顔になる。

「撮影《さつえい》で真冬に真夏のシーンを撮《と》るってなったら、気温一桁《けた》でもTシャツ一枚で汗かいてみせるよ。だから三日月でも満月だと信じて変身できるんだ」

なにその理屈と思ったけれど、熱っぽい目で見おろされて、長い指で額に張り付いた髪をかきあげられると、自分がまるで狼に見初《みそ》められた乙女のような気分になってくる。

改めて、役者ってとんでもないなとゾクゾクする。

「ずるいよ。売れっ子俳優に勝てっこないし」

「え、これ勝ち負けの勝負なの？　……ってこのやりとりデジャヴ」

「違うけど、なんか悔しいじゃん。カメレオン俳優に翻弄《ほんろう》されたら打つ手なしだよ」

「えー」

鼓太郎は晴樹の額にぐりぐり額を擦《こす》り付《つ》けてくる。

「翻弄なんてとんでもない。緊張で失神しそうなのに」

「嘘ばっかり」

「嘘じゃないってば。ほら」

手首を摑まれ、鼓太郎の左胸へと導かれる。張りつめた胸筋ごしに、強く小刻みな拍動が伝わってくる。

「速っ」

「でしょ？」

得意げに笑う表情が、初心《うぶ》なのか堂に入っているのかわからなくて、どっちに転んでも失敗がないその天賦《てんぶ》のお得なキャラクターがちょっと妬《ねた》ましい。

「晴樹」

「なに？」

「大好き」

この期《ご》に及んで、顔が熱くなっている自分が悔しい。飄々《ひょうひょう》とした世渡りは、晴樹の十八番《おはこ》のはずだったのに。

これ以上の致命傷を食らわないように、晴樹は首を起こして鼓太郎の唇を奪い、そのまま横に転がって体を入れ替えた。

ビギナーに翻弄されてなるものか。

しかし晴樹の反撃は、鼓太郎の官能に火をつけただけだったようだ。

「ん……っ」

さらに激しいキスで翻弄され、身体の芯から痺《しび》れるような感覚に我を忘れている間に、再び組み敷かれて、昂ぶったものに鼓太郎の指が絡みついてくる。

「あ……」

あとはもう、なにかを考える余裕なんてなかった。欲するまま、欲しがられるまま、お互い取り澄ました日常の顔を忘れて求めあった。

とても初めて愛を交わすとは思えないほどよどみのない鼓太郎が、ときどきふと覗かせる初々《ういうい》しさに煽《あお》られ、晴樹がリードを取ろうとするとその上をいく情熱で主導権を取り返される。

濃厚で濃密な時間はひどく長いようにも短いようにも感じられ、どっちにしてもそれは、ただただ幸福なひとときだった。

お互いの手で何度かいかせ合ったあと、鼓太郎は晴樹のうちへと入りたがった。うねる官能の渦《うず》の中で否《いな》やはなく、それでも久しぶり過ぎて少し及び腰になる。

及び腰って心情的にも物理的にもぴったりな言葉だな……なんて無意識に考えるくらいのささやかな余裕はありつつも、自分で思っていたよりもいっぱいいっぱいな感じだった。

そんな晴樹を、鼓太郎が甘く潤《うる》んだ瞳で見つめてくる。

「……ダメ?」

変幻自在の甘え上手《じょうず》。そんな目で見つめられて、そんなふうに身体中を撫でまわされて、ダメなんて言えるわけがない。

「ダメじゃない。ちょっとビビってるだけ」

「経験者でもビビることってあるの?」

正直、初めてのときの方が度胸が据わっていた気がする。若くて、渇望《かつぼう》していて、好きな相手に抱いてもらえるという喜びが麻酔薬《ますいやく》みたいに身体と心を痺れさせていた。

経験があるから怖いってこともあるんだなと思う。

物理的なあれこれというわけではなく、いやもちろんそれもあるけれど、あの特別な感覚と、その親密なつながりを裏切られた痛みとが、やっぱりフラッシュバックしてしまう。

それでも、晴樹はそっと手を伸ばして、鼓太郎の身体を抱き寄せた。

「経験とか、関係ないよ。きみとの初めてはこの瞬間しかないんだから、ドキドキするに決まってる」

「うわっ」

鼓太郎は晴樹の倍の強さで抱きしめ返して、それでも足りないというように耳たぶを甘噛みしてくる。

「小説家が表現力で俺を殺しに来てる」

「あはは、なに言ってるんだよ」

「俺、死ぬとき絶対に今日この瞬間のことを思い出すと思う」

「そんな煩悩《ぼんのう》を脳裏によみがえらせて死んだら、成仏《じょうぶつ》できなそう」

ことの最中にこんなふうに茶化し合い笑い合うのは初めてで、これまで笑いとセックスは絶対に両立しないと思っていたのに、そんなことはなかった。

鼓太郎の天然キャラは、晴樹の緊張をいい感じにほぐし、じゃれあううちに自然と繋がる準備が整う。

「っ……」

鼓太郎の、その体格に見合って存在感のあるものを身のうちに受け入れる瞬間はさすがに身体がこわばったけれど、

「でも確かに、死ぬ前に今この瞬間を思い出したら、死ぬに死ねずに絶対蘇生《そせい》するな」

鼓太郎がうっとりした顔で変なことを言うものだから、つい噴き出してしまい、緊張がほど

けた。

その瞬間を狙《ねら》いすましたように、鼓太郎がぐっと押し入ってくる。

「あ……っ」

確かに経験したことのあるこの感覚。でも、それはまったく同じものではない。その男らしく整った面差《おもざ》しと、どんな状況にもナチュラルに呼応するしぐさで、一見初心者感はまったくないのに、小さな吐息をもらして唇を嚙み、こらえるように動きを止める鼓太郎に、愛おしさがどっと湧き出す。

「……大丈夫?」

思わず訊《たず》ねると、鼓太郎が気まずそうに眉根《まゆね》を寄せた。

「それ、俺が言うべき台詞だと思うんだけど……。でも、ヤバい。色々ヤバい。なんかたまんなくて、このままイッちゃいそう」

「いいよ、イって」

純粋な愛おしさから言ったのだが、鼓太郎はしばしこらえるように深呼吸したあと、負けん気を張《みなぎ》らせた瞳で晴樹を見返してきた。

「絶対やだ」

決意のようにそう言って、ゆっくりと腰を動かし始める。

「ん……」

今まで散々いかせ合ったのに、それがただのじゃれ合いでしかなかったと思えるくらい、強い快感がせりあがってきて、晴樹はぎゅっと目を閉じて頭を左右に打ち振った。

「ごめん、痛かった？」

気遣《きづか》わしげに訊ねてくる鼓太郎に、薄目を開けてなんとか微笑んでみせる。

「違う。感じすぎてバカになりそうなだけ……って、俺の語彙力《ごいりょく》どこいった？」

「でもわかる。マジでバカになりそう」

「あっ、あ……」

「ん……ねえ、晴樹」

晴樹を喘《あえ》がせ、自分自身も息を弾《はず》ませながら、鼓太郎が甘え声で言う。

「……こういうこと訊く男って最低だと思ってたけど、ビギナーだから許してくれる？」

「……なに？」

「俺と元カレ、どっちがイイ？」

「……ホント、最低なんだけど」

どん引いたふうな表情を作ってみせたものの、すぐに笑ってしまう。こんなに完璧にかっこいいのに、こんなにプライドのない質問ができる恋人が、このうえもなく愛おしい。

最低だなんて思わない。もしも逆の立場だったら、プライドが邪魔して口には出せなかったと思うけれど心の中ではやっぱりすごく気になったと思う。

そんなふうに訊ねてしまうほど想ってもらえているなんて、どん引くどころか幸せすぎる。

でもだからこそ「ノーコメント」と答えた。

「えー」

悔しいと言わんばかりに、馴染んできた内側を責められて、晴樹は喘ぎをかみ殺しながら鼓太郎と視線を絡める。

「……っ、比べてどっちとか、言いたくない。比べるってことは、今後も誰かと比較していくことを意味するから。そんな相対的な好きとかじゃなくて、きみのことはもっと絶対的な存在だと思ってる」

鼓太郎は鼻の頭に皺《しわ》を寄せた。

「難しいこと言うね。さすが作家先生」

「からかうなよ」

「からかってなんかない」

「でも、俺の言い方でいやな気分になったならごめん」

晴樹が言うと、鼓太郎は会心の笑みを浮かべた。

「なるわけないよ。だって俺が最高で全部って言ってくれたんでしょ？」

ちゃんと伝わっていて嬉しくなる。

比べたくないとは言ったけれど、甘い官能の波の中で、ひとこと言い添える。

「俺さ、浮気とかされたら一気に醒《さ》めて、去る者は追わないタイプだって思ってた」

小山田の裏切りを知ったときには、ただただ傷ついて、腹が立って、愛情が嫌悪に変わって、もう二度と顔を見たくないと思った。

「……でも、もしあの週刊誌の記事が本当なら、俺は乗り込んで行ってきみを奪い返すって思ったよ」

鼓太郎が目を丸くした。

「マジで？」

「マジで。だから覚悟しておいて」

「やっぱ絶対死ぬ前に今日のこと思い出して、百回くらい蘇生するに決まってる」

「百回って……あっ……」

笑った唇をキスで奪われ、鼓太郎が狂おしく晴樹を穿《うが》ってくる。

あとはもう、言葉なんていらなかった。

恋の前ではみんなバカになってしまう。でもバカになるのはこのうえもなく幸せで気持ちがいいものだ。

想い想われる歓《よろこ》びを分かち合いながら、しばし時間の感覚を忘れて、二人でしかたどり着けない高みへと上《のぼ》り詰《つ》めたのだった。

二人の時間はいつも天国

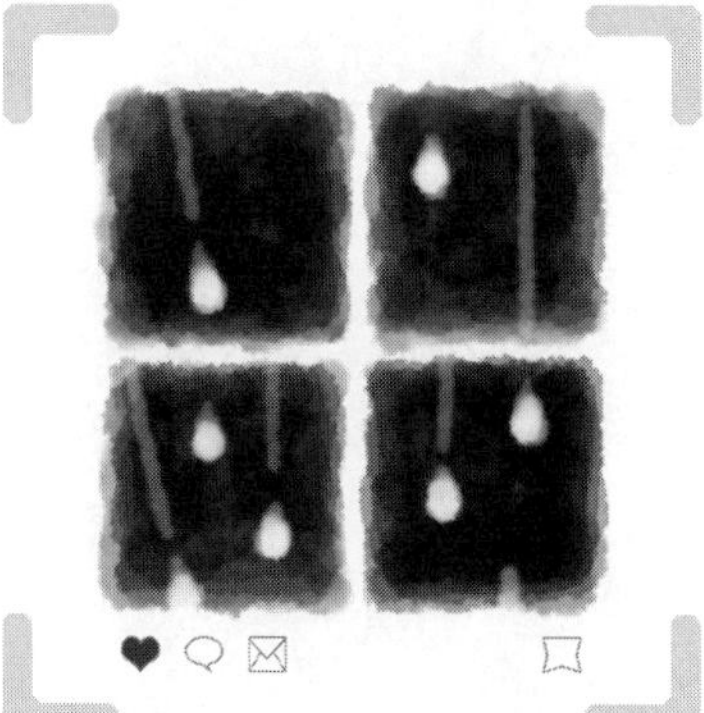

一日がかりのドラマのスタジオ撮影を終えて鼓太郎《こたろう》が着替えていると、近くで立ち話をしていたヘアメイクと衣装のスタッフ二人から声をかけられた。

「三島《みしま》くん、今日の頭ぽんぽんシーン、かっこよかったわぁ」

「ホント、めっちゃドキドキしました」

鼓太郎は頭をかきながら苦笑いを浮かべた。

「うまくできたか自信ないんですけど」

「もう完璧《かんぺき》！　その長身で頭ぽんぽんされたら、全乙女がファ〜ってなっちゃうわよ」

「次回の壁ドンも超楽しみです」

「ありがとうございます」

笑顔で返して、一言二言雑談を交わしてから、スタジオをあとにした。

褒《ほ》めてもらったものの、本当にあの演技でよかったのか、いまひとつ確信が持てない。

俳優という仕事は心底大好きなのだが、恋愛もの、特にライトなラブコメ系に関しては若干《じゃっかん》苦手意識をもっている。

三世代同居の家で育って、祖父母から人の頭に触るのは失礼なことだと躾《しつ》けられてきたせいか、年上の女優の頭をぽんぽん撫《な》でることにどうも抵抗がある。壁ドンとかあごクイなどというラブコメの定番も、演じていてなんだかコントのような感覚になってしまい、どうしたらうまくできるのだろうかと葛藤《かっとう》しがちだ。

しかも本人の苦悩とは裏腹に、その手のドラマのオファーはとても多い。

帰りのタクシーの中で、窓ガラスに映《うつ》った自分のしかめっ面《つら》をじっと見つめる。

かっこいいと言ってもらえるのは嬉しいけれど、それが自分の努力とは無関係の、外見ありきの話だと思うと複雑な気分になる。

顔の造形とか、身長の高さとか、手足の長さとか、事務所に拾ってもらった理由がそういうことメインだというのもわかっている。とてもありがたいことで、そのことで親に感謝もしているけれど、メインの評価ポイントがほぼそこだけだとしたら、ちょっとへこむ。

鼓太郎が憧《あこが》れるかっこよさは、内面から溢《あふ》れ出《だ》すなにかだ。そう考えたときに最初に頭に浮かんだのは、恋人の夏川晴樹《なつかわはるき》だった。

読書が趣味の鼓太郎は、まず作家という存在に強い憧れと尊敬の念を抱《いだ》いている。その中でも晴樹は同い年で、中学生の頃からプロの作家として活躍しているのだ。しかも本人の弁によれば、生まれながらのストーリーテラーというわけではなく、自活の術《すべ》として、ラノベを片っ端から読み込んで努力で創作の技術を習得したというからすごい。

同年代という部分に興味を惹《ひ》かれて読んだデビュー作でファンになり、それからは新刊を心待ちにしてきた。

そんな憧れの作家である晴樹に、初めてリアルで会ったのは、十九のとき。

俳優という仕事に夢を抱き、高校時代から事務所に所属してはいたものの、あらゆるオーディションに落ちまくって一歩も踏み出せずにいたとき、バイト先のカフェで晴樹を見かけた。

事務所の先輩に紹介されたそのバイト先は、大手出版社の目の前にあって、よく作家や漫画家の打ち合わせに使われていた。

晴樹の顔は、デビュー当時に雑誌の誌面で見たことがあった。数年前の小さな写真だったので最初は半信半疑だったが、お冷《ひや》を運んだときに、同席していた相手の口から出た書籍のタイトルで、やっぱりそうだと確信した。

著名人が来店しても、気安く声掛けしたりしないというのがスタッフの暗黙の掟《おきて》で、鼓太郎も最初は遠目から好奇心と尊敬の念でチラ見するだけだった。

晴樹は月に一、二回の頻度《ひんど》で店を訪れた。いつも担当の編集者らしき男と一緒で、テーブルの上に赤ペンの書き込みが入った原稿を広げてなにか話し合ったりしていた。今にして思えばあれは、晴樹の元カレの小山田《おやまだ》だった。

もちろん、当時の鼓太郎はそんなことを知るはずもなく、自分と同じ十代の作家が、年上の編集者とフランクに冗談など言い合って打ち合わせをしている様子にただただ憧れた。

メガネの似合うインテリジェンスな顔立ち、人懐っこい笑顔、ときどき見せる真剣な表情。そのどれもが、先の見えない自分とはかけ離れた存在に見えて、かっこいいなと憧れた。

結局、ある日とうとう職業倫理に反して、声をかけてしまった。鼓太郎がコーヒーを運んだタイミングで、編集者のスマホに着信があり、手持ち無沙汰《ぶさた》になった晴樹がふと顔をあげて、コーヒーを並べる鼓太郎に「ありがとうございます」と微笑《ほほえ》んでくれたのだ。

その明るく優しい声にふわっとなって、思わず「夏川先生ですよね？」と声をかけ、デビュー作からのファンだと伝えると、晴樹はメガネの奥の目を丸くして「ホントですか？ 光栄だなぁ」と嬉しげに言った。鼓太郎は舞い上がって、バックヤードに自分の鞄《かばん》をあさりに行き、持ち歩いていた晴樹の本を持ってテーブルに駆け戻った。サインをお願いすると、晴樹は気さくに応じてくれて、「こんなかっこいい店員さんにファンとか言ってもらえてめっちゃ嬉しいんだけど」などとリップサービスまで振る舞って、握手までしてくれた。

通話を終えた編集者もやりとりに加わってきて、「応援してくれるファンのためにも、次回作も頑張ろうね」などと二人が目を見かわして話していたのを思い出す。

二人が恋人同士とも知らず、傍《かたわ》らでのぼせあがっていた自分を思い出すとかなり恥ずかしくて情けなく、いまさらながら嫉妬心《しっとしん》が湧き上がってくるが、ともあれ当時そんなことをまったく知らなかったのは幸いだった。

憧れの作家との一瞬の交流は、鼓太郎のモチベーションを一気におしあげた。

いつか夏川晴樹の小説がドラマ化されることがあったら、どんな役でもいいから出演したいというのが、鼓太郎の夢になった。そのいつかを目標にするようになってから、目の前のオーディションひとつひとつに今まで以上に全力投球するようになり、逆にその目先の結果だけに一喜一憂《いっきいちゆう》することがなくなった。

それですべてがうまくいったわけではなく、三歩進んで二歩下がるといった歩みではあったが、少しずつ役者としての認知度はあがっていった。

晴樹は晴樹で、ラノベから一般文芸へと活躍の場を広げて、ますます読みごたえのある面白《おもしろ》い小説を発表するようになっていった。親しくなってから、それがやむにやまれぬ事情で生じた配置転換（?）だったことを知ったが、もちろん当時はそんなことはまったく知らなかったから、実力を評価されて飛躍したのだと思っていたし（実際その通りだと今も思っている）、晴樹の活躍は鼓太郎の原動力でもあった。

一般ジャンルに進出しても、晴樹の小説の読みやすさは変わらなかった。語彙《ごい》のあまり多くない鼓太郎にもわかりやすい平易な文章でリズムよく綴《つづ》られる物語は、微炭酸の清涼飲料水みたいな読み心地で、快《こころよ》い刺激と爽快感《そうかいかん》を与えてくれた。

塾講師シリーズといういちばん好きな作品で主演が決まったときには、マネージャーも引くくらい歓喜の雄叫《おたけ》びをあげてしまった。

そこから晴樹と再会し（晴樹にとっては初対面の感覚だったに違いないが）、今では恋人同士だなんて、どんな頭ぽんぽんより壁ドンよりドラマチックだと思う。

気付けば、窓ガラスに映り込んだ鼓太郎の顔は、しかめっ面からリラックスした笑みに変わっていた。

「運転手さん、すみません、行き先の変更をお願いします」

鼓太郎は晴樹のマンション近くの交差点名を告げた。

つきあい始めてまだ日も浅く、基本的にはアポを取ってから行き来する間柄《あいだがら》ではあるけれど、今は無性に晴樹の顔が見たい。こんな時間にアポ電したら断られそうだから、ここは突撃して、忙しそうだったら顔だけ見て……いやせめてハグとキスくらいはさせてもらって、帰ろう。

タクシーを降りると、湿気を帯びた空気がまとわりついてきた。今年は梅雨《つゆ》らしい梅雨で、雨が多い。

思いのほか激しい雨脚《あまあし》の中、小走りに晴樹のマンションのエントランスに駆け込み、インターホンを押すと、晴樹は驚きながらもすぐに開錠《かいじょう》してくれた。

「こんな時間にどうしたの？」

ドアを開けて目を丸くする晴樹を見て、鼓太郎も目を見開いた。

「そっちこそ、そのかっこう、どうしたの？」

晴樹は頭に細く折ったタオルをはちまきのように巻いて、ヘッドホンを装着している。

「もしかして、原稿、めっちゃ忙しかった？　だったらすぐ帰るけど、その前に……」

自分よりワンサイズほど小柄な晴樹をぎゅっと抱きしめてキスをせがむと、

「待て待て待て」

と焦《あせ》ったように押し返された。

「いきなりなんだよ」

「いや、忙しいなら手っ取り早く晴樹不足を解消させてもらって失礼しようかなって」

「違う意味で失礼しちゃってるからね」

苦笑いでツッコミを入れて、晴樹は鼓太郎の腕をつかんで室内へと引き入れた。

「お邪魔して平気？　ねじりはちまきで仕事に気合入れてるとこじゃなかった？」

「いや、これは単なる頭痛予防」

晴樹はタオルとヘッドホンを外して、変なふうに跳ねた髪を手櫛《てぐし》で整えた。

「ああ、梅雨時は頭痛がちって、前に言ってたよね」

「そうなんだよ。頭を圧迫したり、耳栓《みみせん》したりすると、結構大丈夫なことがあって」

「今はどう？」

「大丈夫。っていうか、きみの顔を見たら、すべてが吹っ飛んだ」

晴樹の笑顔に、カフェで初めて見かけた日のことを思い出して、なんだか厳《おごそ》かな気持ちになる。純粋《じゅんすい》に尊敬と憧れの念を抱いていた夏川晴樹が、今自分の恋人として目の前にいる。

厳かとは程遠い衝動が湧き上がってきて、今度こそ晴樹のおとがいをつかまえて、唇を甘く奪った。

「ん……」

晴樹の身体が小さく震える。

鼓太郎には、発電の仕組みだとか難しいことはわからないけれど、こうして晴樹と唇を触れ合わせているとき、なにがしかの計測機器を装着してみたら、絶対に結構な量の電気が発生していると思えてならない。

鼓太郎の背中に回った晴樹の手が、なにかを確かめるように上下して、それから唇が離れる。

「三島くん、びしょ濡れ」

「大したことないよ」

そんなことはどうでもいいと続きをせがむけれど、晴樹はそれを制して、脱衣場からタオルを取ってきてくれた。

「上脱いで、ちゃんと身体拭《ふ》いて。今忙しいんだろ？ 風邪ひいたりしたら仕事に差し障《さわ》るよ。なんなら風呂ためる？」

風呂まで勧めてくれるということは、がっつかなくても、すぐに追い返されることはなさそうだと安心して、鼓太郎は床に座ってタオルでガシガシと濡れ髪を拭いた。

エアコンの除湿が効いた少し肌寒い部屋で、晴樹があたたかいお茶を淹《い》れてくれた。

「それにしても、こんな時間にアポなし訪問なんて珍しいね。なにかあった？」

ハンギングチェアに座った晴樹に、知的な瞳で見おろされて、鼓太郎はちょっと決まり悪く口をへの字にした。

「ちょっとさ、演技のことで悩んでて。今日の撮影で、女の子の頭をぽんぽんするシーンがあったんだけど、どうもうまくできないんだよね」

晴樹は驚いたような顔をする。

「もっとめちゃくちゃ難解そうな役を山ほど演じてるのに、頭ぽんぽんが難しいって意外だな」

「うーん、どうもラブコメっていうのが不得意で」

「え、そうなの？　ラブコメの申し子っていう認識だったけど」

「やっぱ世間はそう評価してくれてるのかな」

嬉しい反面、やはり戸惑う。

「だけどさ、子供じゃあるまいし、頭をぽんぽんするとか、失礼じゃない？」

「あー、まあね、わからなくはないけどね」

なんとなく歯切れの悪い口ぶりから、ふと、この間見た光景を思い出す。小山田が晴樹の頭を撫でていた。そうか、頭ぽんぽんはコント以外にも実用的に用いられる愛情表現なのか。

チリチリと嫉妬を感じつつ、鼓太郎は上目遣《うわめづか》いに晴樹を見る。

「……もしかして、晴樹ってぽんぽんされたい人？」

「いや、さすがにこの歳でそんなわけないだろ。でも、ラブコメの様式美としては、よく見るよね」

「様式美か。壁ドンとかあごクイなんかもそういうことなのかな。なんかちょっとコントみたいだなって、変に冷静になっちゃうんだよね」

晴樹なら共感してくれるかもしれないと思ったのに、なにやら微妙な笑みを返される。

「なに、その顔?」

「いや、だってさっき、俺にやったよね、それ?」

「え?」

「あごをさ、クイって」

そう言われてみれば、さっきキスしたときに、晴樹のあごに手を添えたような気がする。

「それに、初めてきみにキスされたときも、いきなりビルの隙間に引っ張り込まれて、壁にドンってされてさ。うわ、ドラマかこれ!? みたいな」

「え、俺そんなことした?」

両想いになった嬉しさで、晴樹に触れたくて、隙を突いて人目のない場所に引っ張り込んで唇を奪ったのは覚えている。身体に電気が流れる、あのめくるめく感覚も。

しかし無意識に壁ドンしていたなんて。

「ヤバい、俺こそ生きるコント師?」

にわかに恥ずかしくなってあわあわしていると、「いやいや」と晴樹が顔の前で手を振った。

「コントだなんて思ったことないよ。役者怖《こわ》えとか思いながら、毎回ドキドキさせていただいてます」

おふざけと照れが入り交じったような顔で言う。

鼓太郎はむきになって言い返した。

「晴樹の前で演技なんかしたことないよ。全部素《す》の俺だから」

「だったら、ラブコメもそんな気負わずやれば大丈夫じゃない？」

言われてみればそうなのかもしれない。ベタと思わずにすることなら、ベタにはならない。

「もしかして俺、心のどこかでラブコメを軽視してたのかなぁ」

反省を込めて鼓太郎が言うと、晴樹は即座に否定した。

「それはないと思う。きみはいつも全力投球で、役を侮《あなど》るようなタイプじゃないよ」

そう言ってもらえると、ちょっと救われる。確かに鼓太郎はこれまでどんな役でもリスペクトをもって演じてきたつもりだ。

たとえば、都市伝説系のシリーズドラマで、突拍子《とっぴょうし》もない設定の猟奇《りょうき》殺人鬼を演じたときだって、こんな人間現実にはいないとか、こんな心理には共感できないなんてひとつも思わず、心の底から真面目《まじめ》に、わくわくドキドキしながら取り組んだ。

あの役に比べたら、ラブコメの主人公はよほど現実的でなりきりやすいはずなのに、妙な気負いやひっかかりを感じてしまうのには、なにか理由があるはずだ。

ふと、帰り際にスタッフがかけてくれた言葉を思い出す。かっこよかったとか、その長身でとか、外見を褒めてくれた数々の言葉。

それ自体はすごくありがたくて嬉しいことで。でも……。

「ああ……なんかちょっとわかった気がする。ラブコメの主人公って基本ある程度若くて、ある程度ルックス的に求められる需要《じゅよう》ってあるわけじゃん？」

「そうだね」

「つまり、求められてるのは、俺の若さと見た目なのかなって」

「おー。言ってみたいな、そのイケメンならではの台詞《セリフ》」

「茶化すなよ。ていうか自分こそとんでもなくイケメンじゃんかよ」

「どこがだよ。てか俺の場合、そこで仕事してるわけじゃないし」

「それ！　そこなんだよ！」

鼓太郎は身を乗り出して言った。

「ラブコメ系のオファーが多ければ多いほど、自分の武器は見た目だけなのかなって、無意識に不安だったのかも。たとえば十年経《た》って、髪の毛の密度がちょっとヤバくなり始めたりしたら、仕事なくなってるんじゃないかな、とか」

「もしかして薄毛の家系？」

「そうでもないけど、ストレスでハゲちゃうかもしれないし」

「意外と似合うかも。セクシーで。俺、頭薄い人嫌いじゃないし」

「そう？　じゃあまあいいか。……ってそういう話だっけ？」

鼓太郎の返しに、晴樹が噴き出した。

「きみは自分を見くびりすぎだよ」

「十年くらいじゃそこまでハゲない？」

「うん。……ってそうじゃなくてさ、確かにきみのスタイルの良さとか顔の良さとかは常人離れしてるけど、でも、芸能界にはかっこいい若手俳優はたくさんいるだろ？　その中で、きみにラブコメのオファーが集中するのは、見た目だけじゃないプラスα《アルファ》の魅力があるからだよ」

晴樹の言葉に、胸がシュワシュワと泡立《あわだ》つ。

「そうなのかなぁ」

「絶対そう。門外漢の俺が言うのも僭越《せんえつ》だけど、演技に絶妙な色気と愛嬌《あいきょう》があるところが三島鼓太郎の最大の魅力だと思う。顔だけなんて、自分を見くびりすぎか、もしくはうぬぼれすぎだよ」

「マジか」

ラブコメが苦手な理由に気付かせてくれたうえに、悩みの種さえ吹き飛ばしてくれる。

「晴樹ってすごいな。俺のモヤモヤを一瞬にして解決してくれて」

晴樹はハンギングチェアから手をのばして、照れ隠しのように鼓太郎の頭をかきまわしてきた。

「ていうか普段は逆でしょ？　ポジティブなきみに、俺が元気をもらって励《はげ》まされてばっかり」

「そうかな？」

「そうだよ」

髪を撫でられながら、鼓太郎は上目遣いに晴樹を見た。

「頭ぽんぽんも、晴樹にされると悪くないね」

「そう?」

「うん。なんかムラムラする」

「なにかとムラムラしがちだよね」

噴き出す晴樹の腕に指をからめて、ハンギングチェアから引っ張り降ろす。

「頭ぽんぽんのお礼に、床ドン返しさせてよ」

「は? それのどのへんがお礼? てか床ドン返しってなに?」

腕立て伏せの体勢で晴樹に覆《おお》いかぶさって、鼓太郎はドラマの台詞を呟いた。

『いい加減、俺のものになれよ』

大爆笑を期待していたのに、晴樹の顔がみるみる赤く染まっていくのを見て、え? となる。

「どうしたの、晴樹?」

「いや、待って。冗談だってわかってても、売れっ子俳優の演技力、えげつないわ」

かかとでずり上がって鼓太郎の下から逃げ出す晴樹が面白すぎて、つい、ドアの前まで追い詰め、壁ドン……正確にはドアドンで身動きを封じる。

『晴樹のこと、俺に守らせて?』

ヒロインの名前を晴樹に置き換えて、切ない声音で囁くと、

「ちょっと待てよ、手汗ヤバいんだけどっ」

視界を遮《さえぎ》るように晴樹が鼓太郎の眼前に手のひらをつきつけてきた。確かに手のひらには汗の粒《つぶ》がキラキラ光っている。

「え、意外。晴樹がこういうの好きって知らなかった」

「好きとかじゃなくて、なんていうか……ズルいんだよ、きみは。三島鼓太郎の演技力を前に、真顔でいられるわけないだろ」

「なにそれ」

「なにそれじゃないよ。だいたいさ、恋愛ドラマとかで『きみを守る』みたいな台詞が出てくると、この現代日本でいったい何からどう守るんだよ？　ってつい底意地の悪いツッコミを入れたくなっちゃうけど、きみに面と向かって言われると、演技でもうっかりきゅんとしちゃうから怖いわ」

「演技じゃないよ。俺は晴樹のこと、命に代えても守るよ」

心の底から言うと、晴樹は胡乱《うろん》げに鼓太郎をねめつけてきた。

「いったいなにから守ってくれるんだよ」

「ええと……元カレとか？」

「そこは一切なんの脅威《きょうい》もないから」

「じゃあ、フィッシング詐欺《さぎ》」

「ありがたいけど自力で大丈夫」

「宇宙からの侵略者とかは？」

「あ、それは助かるかも。有事の際にはよろしくね？　ところでお茶のおかわりどう？」

じゃれ合いに勝手にピリオドを打って立ち上がろうとする晴樹を、引き留めて腕の中に封じ込めた。

「お茶より晴樹を欲してるんだけど」

ストレートにねだると、晴樹はまた顔を赤くした。いつもは飄々《ひょうひょう》としている晴樹が、二人きりのときにこうしてパッと頬を染めたりする瞬間にぐっとくる。

「またそうやって役者の力技で人を翻弄《ほんろう》して」

「だから演技じゃないってば」

なにか言いたげに尖《とが》った唇の先を、キスで塞《ふさ》いで懐柔《かいじゅう》する。

なんだかんだ言いながらも、晴樹は鼓太郎の唇の動きに応じて、いたずらな舌を迎え入れてくれる。

「ん……っ」

お互いをさぐり合う舌の動きだけで身体中を幸福な震えが満たしていく。

晴樹のシャツを引き剝《は》がしながら、キスの合間にそっと囁く。

「色々元気づけてくれたお礼に、めくるめく天国に連れていってあげる」

鼓太郎の手の動きに協力してくれながら、晴樹がチチチと舌を鳴らす。

「だから、いつも元気づけてもらってるのは俺の方だって言ってるだろ？」

「じゃあ、晴樹が天国に連れていって？」

「まかせろ」

おどけて雄々《おお》しく応じる晴樹が、やがて甘い声を洩らして鼓太郎の熱にとろけたようになっていくのが、たまらなく愛《いと》おしい。

連れていくのでも、連れていってもらうのでもなく、二人の時間はいつも天国だ。

新しい恋はおろしたての
スニーカーみたい

「台風五号が発生だって」

テレビの前で、風呂上がりの濡《ぬ》れ髪《がみ》をバスタオルでガシガシ乾かしながら、鼓太郎《こたろう》が言った。

「……そうじゃないかと思ってた」

ソファに寝そべってタブレットでゲラの校正をしていた晴樹《はるき》は、こめかみを押さえながら返した。

鼓太郎が晴樹の顔を覗き込んでくる。

「頭痛？　大丈夫？」

「大丈夫。大したことないよ」

笑みを取り繕《つくろ》って答えてみたものの、実際はあまり大丈夫ではなかった。

ズキズキと拍動するこめかみの痛みと、乗り物酔《よ》いのような気持ち悪さと、いやな眠気。

晴樹は偏頭痛もちで、梅雨時《つゆどき》など特に頭痛が起こりやすい季節は、漢方や気象痛用の耳栓《みみせん》などでがっつり対策している。

梅雨が明けてからは晴天続きで調子がよかったので、すっかり油断していたが、夕方この部屋に来て、鼓太郎の帰宅を待つ間に、体調はじわじわ悪化してきていた。

「風呂、入ってみる？　あったまったら治るかも」

「うーん、今日はやめておこうかな」

肩こり頭痛のときは温浴が効くが、偏頭痛のときはだいたい逆効果だ。

晴樹は身を起こして、鞄《かばん》を漁《あさ》った。内ポケットに鎮痛剤《ちんつうざい》を発見して、テーブルの上の氷の溶けたサイダーで飲み下す。

明日は鼓太郎が久々のオフで、今夜から泊まり込んで休日を一緒に過ごす約束だった。楽しみにしていたのに、せっかくの時間が台無しだ。

鎮痛剤も飲むタイミングによっては効いたり効かなかったりで、こんなときはひたすら眠るしかない。一度この状態になると、二、三日は使い物にならない。

「ごめん。残念だけど、今日は帰る」

晴樹がタブレットを鞄にしまいながら言うと、鼓太郎が眉《まゆ》をひそめた。

「え、そんなに具合悪いの？　夜間外来やってる病院探そうか？」

「そんな大げさなことじゃないよ。横になっていればそのうち治ると思う」

「だったらうちで寝てればいいじゃん」

「せっかくのオフなのに、俺が具合悪げにしてたら、三島《みしま》くんが楽しめないだろ」

晴樹が言うと、鼓太郎は目を丸くした。

「せっかくのオフに、晴樹が帰っちゃうほど楽しめないことないよ」

独特の言い回しに笑いそうになるけれど、表情筋を動かすだけでも頭に響く。

「とりあえず、ひと眠りしてみなよ」

鼓太郎に促《うなが》されて、本に囲まれたベッドスペースへといざなわれた。

鼓太郎の匂いのする寝具に包まれて横になると、すぐに眠気がぬるま湯のようにまとわりついてきた。

ニュース番組のアナウンサーの抑揚《よくよう》抑えめの声や、ドライヤーの音が、遠くから途切れ途切れに聞こえてくる。

物心ついたころから、頭痛は晴樹にとって身近な症状だった。身近過ぎて特別なこととは思いもせず、誰でもだいたいこんな感じなのだろうと思ってやり過ごしていた。

気圧の変動が自律神経に影響を及ぼして頭痛を引き起こすことを教えてくれたのは、小山田《おやまだ》だった。そして、天気痛が悪化したのは小山田と別れたあとだった。

普段は健康にまったく問題ないのだが、ひとたびいやな頭痛が起こると、急にしおしおと弱気になってしまう。

小山田に激しく依存していた頃の記憶は黒歴史だ。新しい恋人との関係をより良いものにして末長く続けていくためには、あんなふうに寄りかかるようなつきあい方はしたくなかった。

だが、体調を崩して恋人のベッドでこんなふうに横になっていると、不安になってくる。また同じ間違いを犯しはしないか。これから先、もしも鼓太郎と別れる日が来たら、この症状はもっと悪化して、まともな社会生活を送れなくなってしまうのではないか、と。

ボトムスのベルトを緩《ゆる》められる気配に、意識が覚醒《かくせい》する。眠っている自覚はなかったが、いつのまにかうつらうつらしていたらしい。

鼓太郎が晴樹の目を見て、困ったように笑った。

「別に変な下心じゃないよ？　これ、脱いだ方が寝るのに楽かなって思ったから」

いつもなら軽口で切り返すところだが、そんな元気もなく、鼓太郎に促されるまま腰を浮かせてボトムスを脱がせてもらう。

鼓太郎は足を伸ばしてベッドに座ると、晴樹の頭を腿《もも》の上にすくいあげ、頭皮に指をもぐりこませてきた。

「ネットで調べたんだけど、この辺に頭痛のツボがあるんだって」

頭頂部を指の腹でやさしく押されると、圧迫されている間は痛みがすっと引く。

「ん……気持ちいい」

「ホント？　痛かったら言ってね」

鼓太郎の指が、注意深く頭蓋骨《ずがいこつ》をさぐり、頭皮をもみほぐしていく。頭痛と重たい眠気に澱《よど》んだ頭の中が、少しずつ澄んだ心地よさに塗《ぬ》り替《か》えられていく。鎮痛剤がうまい具合に効いてきたのかもしれない。

「あとね、耳まわりを温めたり揉《も》んだりするといいって書いてあった」

鼓太郎の大きな手のひらが、晴樹の両耳を塞《ふさ》ぐ。エアコンの効いた部屋の中でいつのまにか耳が冷えていたことを、手のひらのあたたかさで知る。

ぐっと圧迫されると、最初は耳たぶが痛かったが、上下左右にぐるぐる揉みほぐされるうちに、痛みを感じなくなっていった。

ただただ気持ち良くて、もう一生この手に触れていて欲しくなってしまう。

危ない危ない。また依存気質がぶり返したら困る。

「……ありがとう。だいぶ良くなってきたからもう大丈夫。三島くんこそ疲れてるだろ？　今日、ＮＩＮＪＡの収録って言ってたよね？」

ドラマの番宣を兼ねて、巨大アスレチックゲーム番組に出場すると聞いていた。

「残念ながらファーストステージで敗退しちゃったから、疲れる間もなかったよ。それに、晴樹のこと触ってると、俺もめっちゃ癒《いや》されるし」

鼻歌交じりに、耳まわりを念入りにほぐしてくれる。

鎮痛剤とマッサージの相乗効果で痛みが和《やわ》らぎ、緊張がほぐれてくると、耳まわりを動き回る鼓太郎の指の動きに、癒しとは違う感覚を呼び起こされ始める。実際、鼓太郎の指先からは、明らかにマッサージと異なるニュアンスが感じられる。

耳の裏から顎《あご》の下のラインを、指先で煽情《せんじょう》的になぞられると、身体の奥に火が灯《とも》る。

「ん……」

立てた膝をこすり合わせて小さな声をあげると、鼓太郎が片手を晴樹の腹の上にのせ、するするとへその下の方へと撫《な》でおろしてきた。

「ちょっと元気になってきた？」

「……どっちの意味？」

「両方」

含み笑いと共に指がかすめた場所は、確かにちょっと兆《きざ》している。

「両方の意味でもっと元気にしてあげるから、晴樹はリラックスしてて」

晴樹の頭をそっと枕の上に戻して、鼓太郎はベッドの足元へと移動した。

「え……ちょっと……」

ボクサーショーツを引き下ろされそうになって、慌てて首を持ち上げたが、すぐに枕に押し戻された。

「いいから。目をつぶって、楽にしてて」

「あ……」

鼓太郎の唇が敏感な場所に触れて、身体の中を電気が走り抜ける。

つきあい始めて三ヵ月ほどの恋人との触れ合いは、まだ少し恥ずかしくて、いつもどんな顔をしていいのかわからなくなる。

さっきまで、こめかみの拍動に集中していた神経が、一気に身体の中心に集まっていく。

ドラマの役柄《やくがら》に合わせてミルクティ色にカラーリングした毛量の多い髪が、晴樹の下腹部でゆるゆると揺れる。

「あ、あ……」

物理的な刺激と、視界に映《うつ》る煽情的な光景に、またたく間に昂《たか》ぶってしまう。今月は鼓太郎が多忙で、なかなか会えずにいたから、余計に熱が回るのが早い。

鼓太郎の大きな口にすっぽり包まれて、熱い愛撫《あいぶ》をくわえられると、すぐに耐えられなくなって身体が浮き上がるような感覚とともに頂点を極めてしまった。

「大丈夫？　頭痛悪化してない？」

鼓太郎は色っぽく唇を舐《な》めながら、ずり上がって晴樹の顔を覗き込んでくる。

「……平気。むしろよくなってる、かも」

「よかった。じゃあ、ぐっすり眠って」

鼓太郎が引っ張り上げた上掛けを、晴樹は足で乱暴にはねのけて、鼓太郎の身体に両腕を回した。

「眠気がふっとんだ。責任とって」

まだ少し湿った、いい匂いのする髪にぐりぐり額を擦《す》り付《つ》けると、ぎゅっと抱き返された。

「喜んで取らせていただきます」

弾《はず》んだ声と共に唇を奪われて、え、さっきアレしたその口で？　と思ったけれど、それすらも刺激的で晴樹の気持ちを昂ぶらせる。

身体を重ねた回数はまだわずかで、だからお互いに毎回少しさぐりさぐりなところがある。

経験値は晴樹の方が高いから、主導権を取ろうと試みるのだが、それは大概《たいがい》鼓太郎のがむしゃらな情熱に奪われて、溺《おぼ》れるように我を忘れる。

晴樹の体調を気遣ってか、鼓太郎はいつもより慎重《しんちょう》に行為を進めてくる。そのもどかしさが余計に晴樹を昂ぶらせ、先をせがむと、鼓太郎は猛《たけ》ったように晴樹を求め、喘《あえ》がせにくる。

ベッドに埋め込むようにのしかかられ、つながった場所から痺《しび》れるような快楽を送り込まれて、晴樹は甘い悲鳴を上げた。

「痛い?」

「……っ痛くない……めちゃくちゃ気持ちいい」

「俺も。晴樹の中がきゅってなって締め付けられると、死ぬほど気持ち良くて、愛されてるって感じる」

言葉を仕事道具にしている晴樹は逆に、愛なんていう仰々《ぎょうぎょう》しい言葉は照れくさくて、いつもそう簡単には口にできない。でも、鼓太郎が熱い吐息とともに無邪気に言ったその言葉は、晴樹の胸にまっすぐ滑《すべ》り込《こ》んで来て、身体の内側をきゅんと震わせる。

「それは、だって、愛してるから」

鼓太郎の首に両腕を絡ませて、正気に戻ったら羞恥死《しゅうちし》にしそうな睦言《むつごと》を囁くと、身体の奥で鼓太郎の体積がぐっと増す。

「うっ、ほら、またそんなぎゅうぎゅうに締め付けて」

「違う、きみがでっかくなってるんだよっ!」

「違うよ、晴樹の中がきゅきゅって俺のことを」

「あ……」

「……っヤバい、もってかれそう」

「やっ、待って、今動いたら……っ」

ぴったりと密着した部分に、わずかな刺激が生じるだけでも、頭がおかしくなりそうな感覚が湧き起こる。

もはや理性で制御《せいぎょ》できる範疇《はんちゅう》を超えて、言葉とは裏腹に身体が動いてしまう。

身体中を満たす極上の快楽は、頭の片隅に引っかかっていた頭痛の破片を弾《はじ》き出《だ》す。

休日の前の長い夜は、甘くとろけるように更《ふ》けていった。


「いてて」

うつ伏せの状態から起き上がろうとした鼓太郎が、悲鳴を上げて突っ伏した。

「ほら、無理するなって。ネットで調べたら、筋肉痛の急性期は、ひとまず冷やした方がいいらしいよ」

晴樹は保冷剤をタオルで包んで、鼓太郎の背筋とふくらはぎにのせた。

一夜明けて、立場がすっかり逆転していた。

晴樹の頭痛は嘘のようにすっきりと治まったが、鼓太郎は昨日のアスレチックゲームによる筋肉痛に見舞われている。

「結構走りこんだりして、身体は動かしてるつもりだったんだけど。情けないなぁ」

「あのアトラクション、相当キッツそうだもんな。飛び跳ねたりぶらさがったりかけあがったりさ」

「そうなんだよ。一応ゴールまで到達はしたんだけど、一秒遅かった」

「え、ゴールまでいったの？」

晴樹は目を瞠《みは》った。

「すごいな。オンエア見るのが楽しみだよ」

「クリアできなかったんだよ？」

「クリアできる人なんて毎回数人だろ。あれでゴールまでたどりつけたなんてすごいよ」

ミルクティ色の髪をぐしゃぐしゃと撫でまわすと、鼓太郎は飼い主に褒《ほ》められて尻尾《しっぽ》を振る大型犬のように嬉しそうに笑った。

片手で髪をかきまわしながら、もう片方の手でスマホを操作する。

ええと筋繊維《きんせんい》の修復に必要なのは、タンパク質とビタミンC。

「ちょっとキッチン借りるね」

断りを入れて、冷蔵庫の扉を開ける。一週間ほどドラマのロケで鼓太郎が留守にしていたから、冷蔵庫の中には食材はほとんど入っていなかった。

晴樹は萎《しな》びかけたオレンジと牛乳を取り出した。タンパク質とビタミンC。いい感じ。

しかし普段料理をしない晴樹は、オレンジをうまく剝《む》くことができなかった。仕方がないのでオレンジの残骸《ざんがい》をぎゅっと絞《しぼ》って、そこに牛乳を注いでかき混ぜてみた。

「うわ……」

予想に反して、ドロッと謎《なぞ》のとろみが生じてビビる。

貴重な食材でやらかしたか…？　いやしかし、胃に入ればなんでも同じだ。

晴樹はグラスを持って、ベッドに戻った。

「筋肉疲労に効果絶大な特製ドリンク、飲む？」

声をかけると、鼓太郎はパッと顔をあげ、その動きで生じた痛みにコミカルな奇声をあげながら、ゆっくりと起き上がった。

「晴樹の特製ドリンク！　超楽しみ」

しかし手に取ったグラスの中を覗いて、端整な顔に怯《おび》えが走る。

「ええと……これ、飲んで大丈夫なやつ？」

「健康被害的な意味では、多分大丈夫なはず。あ、でも、ヤバそうだったらやめておいて？」

「いや、ありがたくいただきます」

鼓太郎は意を決して罰《ばつ》ゲームを受けるかのような勢いで、グラスの中身を飲み干した。

ぎゅっと閉じていた目を、飲み終えた途端パッと開く。

「え、うまっ。なにこれ。どうやって作ったの？」

「マジで言ってる？」

「マジでマジで。あのほら、乳酸菌飲料メーカーのヨーグルトドリンクみたいな味」

「おー。天才かな、俺」

ちょっと嬉しくなりながら、空《から》のグラスを受け取ってベッドサイドに置いた。

「お風呂、お湯張ってこようか？　ぬるいお湯であったまるといいらしいよ。あと、痛くない程度に、軽くマッサージするといいって」

二の腕をさすってやると、鼓太郎は目をパチパチさせた。

「晴樹こそ昨夜のあれこれで疲れてない？　それに頭痛は大丈夫？」

「おかげさまでもうすっかり元気。今日は俺がご奉仕させていただきます」

一夜明けたら、謎に自信が回復していた。依存だなんて心配する必要はなかった。甘えさせてもらったら、今度は俺がその何倍も甘やかす。

甘えるのも幸せだけど、こんなふうに世話を焼くターンも楽しい。

新しい恋はおろしたての真っ白なスニーカーみたいで、歩き出すときにまだ少し緊張するけれど、たくさん歩きたくなるし、しっくりと馴染んでいくのが楽しみでたまらない。

あとがき

AFTERWORD…………………

―月村　奎―

こんにちは。お元気でお過ごしですか。

お手に取ってくださってありがとうございます。

本作は「ずっとここできみと」のスピンオフですが、そちらを未読でも問題なく読んでいただけると思います。

前作を書いた時に、このお話のプロットもぼんやりと考えてはいたのですが、とりかかるまでにだいぶ間があいてしまい、いざ書き出してみたら、なんと恋のお相手も展開も当時考えていたものとは全く別物になってしまいました。自分でもびっくりでしたが、その分新鮮な気持ちで楽しみながら書きました。

読んでくださった皆様にも、少しでも楽しんでいただけるところがあったら嬉しいです。

前作に引き続き、竹美家《たけみや》らら先生にイラストを描いていただけて幸せです。

竹美家先生、ふわっとやさしく美しいイラストをありがとうございます！

最初に書いた通り、この本だけでも問題なく完結しているつもりですが、前作も竹美家先生のイラストが素晴らしく美しいので、未読の皆様には、ぜひイラストだけでもご覧いただけたらと願っております。

この本が刊行されるのは秋の初めということで、温かい飲み物がおいしい季節ですね。今年は夏があまりにも暑かったので、ホットが飲める季節の到来がすごく嬉しいです。

一番好きな飲み物はコーヒーで、紅茶や日本茶も大好きです。でもカフェインの取りすぎが気になるので、ルイボスティーやコーン茶、あずき茶、黒豆茶、シナモンティーにタンポポコーヒーなどなどいろいろなノンカフェインのお茶を試してみているのですが、どうしてもやっぱりスタンダードなコーヒー・紅茶・日本茶に戻ってきてしまいます。

結局、そう思う人がそれなりにいるからこその定番なのだという当たり前の事実に気付き、目新しさはないけれど、やっぱりこの味がほっとするよね、みたいな小説を書ける人になりたいですという結論に強引に結び付けようと思ったのですが、あまりに厚かましい願望すぎて、コーヒー様や紅茶様に謝れよ！　と書いたそばからセルフツッコミの嵐な上に、よく考えたら私が定番のお茶に引き寄せられるのは、単なるカフェイン依存症なのかも……。

と、このように相変わらずあとがきが不得手で、うまくまとまりませんが、ここまでおつきあいくださって本当にありがとうございました。もしお時間ございましたら、ご感想やお茶のおすすめなどを教えていただけましたら嬉しいです。

いろいろと大変なご時世ですが、皆様どうぞお身体に気を付けてお過ごしくださいね。

私も適度なカフェイン摂取《せっしゅ》を心掛けつつ、またお目にかかれる日までわくわくと過ごしたいと思います。

この本を読んでのご意見、ご感想などをお寄せください。
月村 奎先生・竹美家らら先生へのはげましのおたよりもお待ちしております。

〒113-0024　東京都文京区西片2-19-18　新書館
[編集部へのご意見・ご感想] ディアプラス編集部「もう恋なんてする気はなかった」係
[先生方へのおたより] ディアプラス編集部気付　○○先生

- 初出 -
もう恋なんてする気はなかった：
　小説DEAR+21年アキ号(vol.83)～22年フユ号(vol.84)
二人の時間はいつも天国：書き下ろし
新しい恋はおろしたてのスニーカーみたい：書き下ろし

[もうこいなんてするきはなかった]
もう恋なんてする気はなかった
著者：月村 奎 つきむら・けい
初版発行：2022年10月25日

発行所：株式会社 新書館
[編集] 〒113-0024
東京都文京区西片2-19-18　電話 (03) 3811-2631
[営業] 〒174-0043
東京都板橋区坂下1-22-14　電話 (03) 5970-3840
[URL] https://www.shinshokan.co.jp/

印刷・製本：株式会社 光邦

ISBN978-4-403-52560-5 ©Kei TSUKIMURA 2022 Printed in Japan